Aesop's Fables

伊索寓言一本读

[古希腊] 伊索 著　波点童趣 编译

目录

效仿老鹰的乌鸦

一只凶猛的老鹰站在高高的山岩上搜寻猎物。它突然俯冲而下，用尖锐的爪子瞬间抓走了一只小羊，随后振翅而去。

附近的乌鸦看到了，心里羡慕极了，想着：这可是一整只羊啊！老鹰能做到的话，我也要试试。它下定决心，展开自己的小翅膀，呼呼地飞去，落到了一只公羊的身上，奋力地想要把公羊带走。可是乌鸦的爪子又短又细，一下子就被又长又卷的羊毛缠住了，怎么拔也拔不出来。乌鸦立刻慌了，紧张得直拍翅膀。

后来，村里的牧羊人听说了这件事，赶忙跑过来抓住了乌鸦，还把乌鸦翅膀上的羽毛都剪光了。到了傍晚，牧羊人把乌鸦带回去给自己的孩子们看。孩子们看见这只光秃秃的鸟，好奇地围上来问：“这是什么鸟啊？”牧羊人回答：“照我看来，它分明是一只乌鸦，却觉得自己是一只老鹰呢。”

◎这个故事告诉我们，不清楚自己的力量，盲目地想要和他人竞争，不仅得不到想要的好处，还会陷入困境被他人嘲笑。

老鹰和狐狸

老鹰和狐狸是一对形影不离的好朋友，为了能经常见面，它们决定搬到一起住，就这样，老鹰和狐狸成了邻居。老鹰挑选了一棵高大的树飞上去，在上面造了一个精巧的巢来孵育后代。狐狸呢，就在树下的灌木丛里安了家，也开始生儿育女。

刚开始的时候，它们的日子过得十分和谐。老鹰会夸赞狐狸的儿女可爱，狐狸会赞美老鹰的儿女强壮。

可是好景不长，到了冬天，食物越来越难找，老鹰一家和狐狸一家都经常忍饥挨饿。有一天，狐狸出去觅食，拜托老鹰照看自己的孩子。老鹰想到嗷嗷待哺的小鹰，当即心一横，把狐狸的儿女都叼到了窝里，和自己的孩子一起吃掉了小狐狸们，然后马上搬走了。

狐狸回家以后，看到空荡荡的窝和已经搬走的老鹰一家，不敢相信孩子被好朋友吃掉的事实。失去孩子的狐狸悲痛欲绝，更让它痛苦的是自己无法报仇，因为它没有翅膀，无法追逐可以飞翔的老鹰。狐狸千辛万苦找到了逃走的老鹰，但是弱小的它却只能远远地痛斥凶手。

不久后，狠心的老鹰也受到了惩罚。有些人在野外烤羊肉，老鹰俯冲下去抓走了羊肉，却没注意到羊肉上沾着燃烧的木屑。它把羊肉带回自己的巢里来。这时候，一阵大风刮过，火星飞溅到满是枯枝的巢里，一下子就燃起了猛烈的火焰。

巢里的小鹰一个个都还没长齐羽毛，无法飞走，很快就被烧死，掉到地上。一直潜伏在附近的狐狸终于等到了报仇的机会，它飞快地跑过来，当着老鹰的面，把小鹰们都吃掉了。

◎**这个故事告诉我们，背信弃义、做了坏事的人，就算是一时逃过了惩罚，终究会受到应有的惩罚。**

老鹰与屎壳郎

一只兔子正在被老鹰追赶，凶残的老鹰张开尖嘴想要吃掉它。惊慌失措的兔子看见路边恰巧有一只屎壳郎，于是兔子边跑边求救："求求你救救我吧！我实在跑不动了。"

善良的屎壳郎决定去帮这只兔子，它冲着老鹰大声求情："请你不要抓走这只兔子，我们好好商量可以吗？"

老鹰对它不屑一顾，在强壮的老鹰眼里，路边的屎壳郎又小又弱，自己一脚就可以踩死它。老鹰不但不听屎壳郎的劝阻，反而当着屎壳郎的面把兔子吃掉了。

屎壳郎眼见兔子被吃掉了，心里十分愧疚，它下定决心要替兔子报仇。从那以后，屎壳郎便日夜不休地守在老鹰的巢穴旁，只要老鹰生了蛋，它就飞到巢里，把鹰蛋推出去摔碎。

老鹰对此苦不堪言，四处搬家，最后只能去找众神之王宙斯，请求宙斯给自己一个可以安心生产的地方。宙斯便允许老鹰在他的膝盖上生产。

屎壳郎知道了这件事，原本觉得有了宙斯的庇护，自己就无计可施了，但是它转念一想：神都是爱干净的。于是屎壳郎便做了一个又大又臭的粪团，飞到宙斯的身边，冲着宙斯的膝盖狠狠地砸过去。宙斯可受不了这个，急忙站起来想躲开，老鹰的蛋便全都砸在地上了。

老鹰彻底绝望了，自此以后，据说只要在屎壳郎出现的时节，老鹰都不会筑巢生蛋了。

◎这则故事说明，不要轻视看上去弱小的人，只要他们下定决心，再强大的人都会被打败。

山羊与牧羊人

夕阳西下，整个世界都暗下来了，鸟儿飞回自己的巢穴，牧羊人也赶着羊群准备回家了。放了一天羊的牧羊人又累又渴，只想赶紧回去躺在床上休息。“快走快走！”牧羊人吆喝着想把羊群快点赶回羊圈。

“咦，怎么少了一只？”牧羊人数来数去，却总是少一只羊。他赶忙回去找，原来是一只山羊贪吃牧草，已经落后羊群一大截了。看着这只落后的山羊细嚼慢咽吃草的悠闲样子，牧羊人气不打一处来，一边骂一边顺手捡起一块石头扔了过去：“好啊你，我肚子都快饿瘪了，你倒是吃得起劲。”没想到，这块石头刚好砸到了山羊的角，山羊的一只角断了，样子十分可怜。

牧羊人立刻慌了，因为他只是替人放牧的，山羊是主人的财产，山羊受伤，自己也会被主人责罚。于是，牧羊人赶紧向山羊求情，求它不要把这事儿告诉主人。山羊正疼得厉害，没好气地说：“就算我不说，你看我的角折断了一大截，一眼就能看出来，能瞒过主人吗？”牧羊人无话可说，只能对主人如实相告。

◎这个故事告诉我们，过错是无法隐瞒的，不如诚实相告才好。

被拔掉羽毛的老鹰

有一只老鹰不幸被人抓住了，那个人剪掉了老鹰的羽毛，再把飞不起来的老鹰和一群叽叽喳喳的鸡养在一起。这只老鹰每天唉声叹气，看着自己乱糟糟、光秃秃的翅膀很难过，什么都不愿意吃，好像一个失去国家的国王一样闷闷不乐。

一个善良的人看见老鹰这样伤心可怜，便花钱把它买回了家。这个人先把老鹰乱糟糟的羽毛整理干净，然后给它涂上药水，让它长出新的羽毛来。没过多久，老鹰又拥有一身漂亮的羽毛，再次飞上了天空。老鹰非常感激这个好心人，于是从树林里抓了一只肥美的兔子，想要送给恩人做礼物。

狐狸看见后告诉老鹰："老鹰啊！你与其送给那个好心人，不如送给那个抓住你的人，因为有些人是天生善良的，而你要警惕的是有坏心的人，你送他礼物，他才不会再来抓你，更不会剪掉你的羽毛。"

◎这个故事告诉我们，我们不仅要感谢善良的、帮助过我们的人，还要小心有坏心、做坏事的人。

黄莺与鹞鹰

在葱郁的森林里，一只娇小的黄莺站在高处的树枝上歌唱。附近恰巧有只饥饿的鹞鹰，它听到黄莺的歌声，便悄悄靠近，猛地扑过去抓住了黄莺。

黄莺眼见自己要被鹞鹰吃掉了，害怕极了，便急忙向鹞鹰求情："求求你放我走吧，你看我这么小，还不够你塞牙缝，你就算吃了我，也填不饱你的肚子呀！"它见鹞鹰没有打断自己，就继续说道，"这儿附近还有好多大鸟，你应该去抓它们呀！"黄莺以为自己就要说动鹞鹰了。

没想到，鹞鹰摇摇头说："你虽然小，却是我抓在手里的食物，别的鸟虽然大，但是我连毛都没见到，丢掉手里的，去找看不见的，你以为我是傻子吗？"黄莺无话可说了。

◎这个故事告诉我们，与其幻想得到更大的好处，还不如紧紧抓住自己已有的东西。

欠债的雅典人

有个雅典人欠了一屁股的债，成天被债主追着要债。债主日夜不停地催他还钱，但他总是推说没有钱，想让债主延迟一下还钱期限，债主当然不肯。雅典人无可奈何，便把自己仅有的一头母猪赶出来，打算卖了换钱。

两个人就这样到集市上去卖猪。集市上热闹极了，买东西的和卖东西的人挤满了大街。有人路过看到了这头母猪，便上前打量了一圈问："这猪能生小猪吗？"雅典人殷勤地笑道："那是肯定的，不仅能生小猪，它在农神节可以生小母猪，在战争女神的节日能生小公猪呢。你可别不信，旁边这位老爷是亲眼见过的。"雅典人忙指着债主想让他为自己证明。

买猪人听到这番话大为吃惊，转头去问债主这是不是真的。债主正指望这头母猪卖出去，好让雅典人有钱还给自己。于是，债主清了清嗓子，一本正经地附和雅典人："这有什么好奇怪的，这头母猪可不得了，它在酒神节的时候还能给你生小山羊哩。"

◎这则故事说明，"有钱能使鬼推磨"，有些人为了捞到好处，不但会说谎话，而且还会去做伪证。

猫和老鼠

有个人家里的老鼠们经常偷东西吃，还会啃坏家具。这个人便从外面抱了一只猫回来，想让它抓老鼠。猫果然吃掉了很多老鼠，还活着的老鼠害怕极了，都躲在洞里不敢出去。

猫在老鼠洞口徘徊了很久，恨不得马上钻进去将老鼠一网打尽，可是洞口太小，猫连脑袋都伸不进去。老鼠们战战兢兢地躲在洞里，等着猫离开。猫见抓不到老鼠，眼珠子一转，自以为想到了好计策。只见猫摇摇晃晃地走到一个短木桩上，然后一头倒下，把自己挂在短木桩上，装出被绑住的样子。

洞里的老鼠们见很久没听到猫的动静，于是派出一只机灵的小老鼠去侦察一下。小老鼠十分谨慎地在洞口观察了好一会儿，然后小心翼翼地走出洞穴，远远看见猫挂在木桩上。小老鼠转身就跑，而猫也正眯着眼睛观察老鼠，见它跑了，着急地喊："别跑呀！你看我动不了呀！"老鼠一边跑一边回头喊："你这家伙真狡猾，别说是挂在木桩上，你就算装成一只皮袋子，我也绝不会靠近你，我们已经有太多的兄弟姐妹丧命在你的爪下了。"说完立刻跑回了洞里，再也不打算出来了。

◎这则故事说明，吃一堑，长一智，受到一次欺负，便得到一次教训，增长一份智慧。

山羊和驴

从前有个人养了一只山羊和一头驴子。驴子每天勤勤恳恳地干活，总有丰盛的食物。山羊每天无所事事，吃的自然比不上驴子。时间一长，山羊的心里就不平衡了，这天遇见驴子的时候，它假装热心地对驴子说："哎呀！驴子大哥，你的背都磨破了，看你每天干这么多活儿，又是拉磨，又是运货，可真是太辛苦了。"驴子以为山羊是真心关心它，一边叹气一边回答："这我也没办法，驴子生下来就是要干活的。"山羊赶紧接话："怎么没办法？这样，去磨坊的路上有个小坑，你明天故意在那里摔一跤，假装病了，不就能歇几天了吗？"驴子一听，觉得这真是个好主意，便再三感谢了山羊。

驴子果然假装在路上摔倒，但没想到摔得浑身是伤。原来呀，那个坑又深又大，山羊是故意骗驴子摔进去的。主人赶紧去找医生来救治驴子，他还指望驴子拉磨呢。医生看完驴子的伤，对主人说，只要将山羊的肺煎成汤给驴子吃，补充营养，很快就会好的。

主人想到驴子的诸多用处，一狠心就把山羊的肺取出来医治驴子了。

◎这个故事告诉我们，害人终害己，出坏主意伤害别人的人，终有一天会变得不幸。

两只公鸡和老鹰

在一个农场中生活着一群鸡，其中有两只公鸡关系很不好，经常会为了点什么小事儿打起来。这不，为了争夺一只母鸡的关注，这两只公鸡又打成一团，你啄一下我的头，我拔掉你一撮羽毛。经过一番激烈的争斗后分出了胜负，赢了的那只公鸡自此变得非常骄傲，经常飞到树上和墙头炫耀自己的功绩，咯咯咯地叫个不停。失败的那只公鸡后悔自己的冲动，被打败以后便每天低调地过日子，只待在不起眼的角落安静地吃东西。

这天中午，那只骄傲的大公鸡又开始在高墙上炫耀自己的功绩："你们是没看到我那时候有多威风，嗯哼哼。"突然间，一只老鹰俯冲下来，一把抓住公鸡就飞走了。原来这只老鹰正在附近寻找食物，刚好听见那只公鸡在吵吵嚷嚷，就把它抓走了。而那只失败的公鸡反而躲过了这个灾祸，从此以后和伙伴们平平安安地生活在一起。

◎这则故事说明，得意忘形的人会招来坏事，一时失败的人也可能因祸得福。

渔夫和鲔鱼

一群渔夫出去捕鱼，他们天不亮就出发，一直重复着撒网、拉网的过程，可是一直到太阳都快落山了，也没有捕到鱼。辛苦了这么久却一无所获，渔夫们坐在船里唉声叹气，想到上岸以后不知道要怎么跟家里人交代，更觉得懊悔不已。

有个年轻的渔夫在船头整理渔网，想看看有没有捞到什么有用的东西，但找了很久也没找到。就在他正垂头丧气时，不远处突然溅起浪花，一条足有胳膊长的鲔鱼哗啦啦地冲向他们的渔船。年轻的渔夫惊呆了，赶紧大喊起来："快看！快看！好大一条鲔鱼。"渔夫们纷纷跑过来，更让他们惊讶的是，这条鲔鱼居然就这么直冲冲地跃进了他们船里。原来，这条鲔鱼一直在被另一伙渔夫追赶，慌不择路地跳进了他们的船里。渔夫们七手八脚地把这条鲔鱼捆住，兴高采烈地把鱼带到集市上换了一大笔钱。

◎这则故事告诉我们，无心插柳柳成荫，有时候费尽力气也得不到的东西，反而在偶然的机遇下得到了。

牧羊人与野山羊

从前有个牧羊人，他有一群山羊。每天早上，牧羊人都要带着山羊们到牧场去吃草。傍晚的时候，再把它们赶回自己的山洞。有一天，他发现自己的羊群里混进了几只陌生的野山羊。牧羊人并没有把野山羊赶走，而是一边吆喝着，一边把所有羊都赶进了山洞里。

没想到，到了第二天，暴风雨突然袭来，瓢泼大雨下个不停。牧羊人不能带着羊群去牧场了，只好和羊群一起待在山洞里。到了喂饲料的时候，牧羊人只给自己的山羊很少很少的量，让它们勉强填饱肚子。奇怪的是，野山羊得到的饲料却非常充足。这是因为牧羊人有自己的小算盘，想把这些野山羊占为己有。

暴风雨过后，牧羊人打算把所有的羊都赶向牧场，可是那些野山羊一到山边，就纷纷逃走了。牧羊人非常生气，大声地责备它们忘恩负义："亏我对你们这样好，你们竟然就这么跑了！"

野山羊回过头来说道："正因如此，我们才更加小心谨慎。我们昨天才加入你的羊群，你对我们就比对自己的羊更好。假如以后还有别的山羊加入羊群，你也一定会更看重它们。"

◎这则故事告诉我们，看重新朋友，忽视旧朋友，这样的人是交不到好朋友的。

捕到石头的渔夫

一群渔夫出去捕鱼，他们带了很大一张网，希望能捕到大鱼。到了河边，渔夫们满怀期待地把网撒出去，拉网的时候感觉那网沉甸甸的，好几个人都拉不动。渔夫们以为捕到了好多大鱼，干劲更足了。“加油拉啊！兄弟们，这网里肯定有不少好东西。”渔夫们喊着号子终于把网拉上来，每个人都一脸兴奋，但打开后却大失所望。渔网里只有几条可怜的小鱼，剩下的都是石头和丢弃到河里的垃圾。渔夫们非常懊恼，不仅是因为收获很少，更是因为之前美好的希望都落空了。

这时，一位见多识广的老渔夫开口了："孩子们，别再懊恼了，高兴和懊恼就像是一对双胞胎，我们高兴过了头，自然要迎接相应的懊恼，就让它们统统过去吧。我们还要继续捕鱼呢。”

◎这则故事告诉我们，生活中很多事情都是不可预料的，凡事不要高兴得太早，否则失望会更大。

渔夫和小梭鱼

有个渔夫出门打鱼，他把网撒进海里后就安静地等待着，一上午终于捉到了一只小梭鱼。这条鱼很小却很聪明，它拼命地想办法逃脱，被渔夫捞上岸以后还不死心，便对渔夫说："捕鱼的人啊！你看我这么小，你忙了一上午才换我这么一条小鱼多不划算。不如你先把我放回去，等我长大了，你再来捉我，这才划算不是吗？"

渔夫笑了笑说："你这精明的小家伙，我放你走了，你在海里，我在岸上，我还能再捉到你吗？要是我丢了手里的小鱼，还空想着将来捕大鱼，那我岂不是糊涂了吗？"说着便把小鱼扔进了鱼筐。

◎这则故事说明，不要空想着将来不切实际的好处而丢了手里的东西，要及时把握眼前的利益。

河边的狐狸

炎热的夏天来了。太阳晒得动物们口干舌燥。一群狐狸来到河边喝水。可是，河水十分湍急，岸边的石头、树枝都被卷走了。狐狸们你看我，我看你，都不敢下去喝水。

一只喜欢说大话的狐狸走了出来，它嘲笑同伴们的懦弱："你们真是胆小，怎么连下河喝水都不敢？就看我的吧。"狐狸们纷纷向这只狐狸投来敬佩的目光，它感到骄傲极了，于是便摆出一副英勇的样子，"扑通"一声跳进了河里。

湍急的河水一下子就把这只狐狸卷到了河中心。它根本无法抵御湍急的水流，只能在河里不停地扑腾。岸边的狐狸们远远看着它离得越来越远，赶忙喊道："别走啊！你还没教我们怎么安全地下去喝水呢！快上来啊！"

这只狐狸强装镇定地说："我有封信得送到下游去，等我回来再教你们。"话刚说完，它就被河水冲得不见踪影了。

◎这个故事讽刺的是那些喜欢装腔作势、大难临头还要说大话的人。

胀大了肚子的狐狸

“好饿啊！”一只饥饿的狐狸摸着自己干瘪的肚子，“要是能饱餐一顿该多好啊。”狐狸正说着，就一脚踩进了一个树洞。它刚想抱怨自己太倒霉，突然发现，这个树洞里全是食物，有面包、肉片，还有很多坚果，看样子是牧羊人留下的。

狐狸高兴极了，在树洞里吃了个痛快。吃饱的狐狸拍着滚圆的肚子，愉快地打了个嗝。正当它打算钻出去的时候却发现，“坏了，卡住了”。狐狸的肚子撑得足有原来的两倍大，卡在狭窄的洞口，怎么也出不去。

“太倒霉了，太倒霉了。”狐狸只能在洞口埋怨着自己的坏运气。另一只狐狸正好路过，就过来询问它怎么了。胀着肚子的狐狸赶忙把自己的遭遇告诉它。“这可怎么办啊，我再也出不去了吗？”听完以后，路过的狐狸指着对方圆滚滚的肚子说：“这有什么难的，你先留在洞里，等过一段时间，你的肚子不就又饿回去了吗，到时候就能出来了。”

◎这个故事告诉我们，遇到麻烦的事情，不要先抱怨、慌张，耐心等待往往能解决很多问题。

狐狸和刺藤

有一只狐狸想要翻越高高的篱笆。它刚跳到篱笆上就滑了一下，险些就要摔下去。狐狸惊慌失措，要知道篱笆可是很高的，摔下去肯定会头破血流。狐狸挥舞着爪子想要抓住点什么，正好旁边有一株刺藤，狐狸来不及细想，就一把抓住刺藤往下爬。

狐狸总算安全到了地面上，可是它的爪子却被刺藤扎出了深深的伤口，狐狸疼得龇牙咧嘴，挥舞着鲜血淋漓的爪子责备刺藤："我是怕摔伤才抓住你的，没想到你害得我比摔伤还惨。"

刺藤并不在意，说道："朋友，是你偏要来抓住我，我生来带刺，又是攀附在其他东西上的植物。你选错了对象，怎么能抱怨我呢？"

◎这个故事告诉我们，选人帮忙的时候要考虑周到，不能选错了人，还责怪别人。

狐狸和樵夫

一只狐狸正在被猎人追赶，经过一个樵夫的家时，狐狸已经筋疲力尽，就请求樵夫把自己藏起来，还承诺以后会好好报答他。樵夫便让狐狸躲进了自己的小屋。

猎人们紧跟着狐狸来到了樵夫家，问他有没有见过一只狐狸。樵夫嘴上说着："没见过什么狐狸。"但他的手却一直指着小屋的方向，拼命暗示他们狐狸躲在那里。可是猎人们都是一些粗心的家伙，听到樵夫的话，二话不说就跑出去继续追赶狐狸了。

狐狸见猎人们都走了，这才从小屋里出来，它看也没看樵夫一眼，一声不吭地就要离开。樵夫大怒，责骂狐狸："忘恩负义的家伙，我救了你一命，你就打算不声不响地走吗？"

狐狸轻蔑地看着樵夫回答道："要是你做的和说的一样，我肯定会好好报答你，可惜你的手势却背叛了你的话。"

◎这则故事讽刺了那些嘴上说得好听，实际行动却不一样的人。

狐狸和葡萄

一只无精打采的狐狸正在寻找食物，它已经饿得走不动路了。正当它唉声叹气的时候，发现不远处有一个葡萄架，上面挂着一串串晶莹剔透的葡萄，看着饱满诱人的紫葡萄，狐狸馋得直流口水。它使出浑身解数，又跳又爬，焦急地想吃到葡萄，但每次都失败了。它跳得筋疲力尽，只能垂头丧气地离开了，但是狐狸心里很不服气，一边走一边自言自语："这葡萄一看就没熟透，又酸又涩，谁稀罕。"这就是"吃不到葡萄就说葡萄酸"的故事。

◎这则故事告诉我们，有些人因为实力不够，得不到想要的东西，却总是怪罪命运不公。

狐狸和公山羊

狐狸不小心掉进了一口深井里，它使出浑身解数也爬不出去。正在它快要放弃的时候，一只口渴的公山羊来到井边，伸出头问井底的狐狸："你好！井底的水好喝吗？"

狐狸突然计上心头，它用愉快的语气回答："太好喝了，我从没喝过这么甘甜的井水。你快跳下来尝尝。"公山羊一听，立刻跳了下来，咕嘟咕嘟地喝了个够。但是喝足了水，公山羊才发现，自己也被困在井里出不去了。它只好向狐狸求助："这可怎么办，我们怎么出去呀？"

狐狸慢悠悠地说："办法自然是有的。我先踩着你出去，再把你拉上来不就行了。"公山羊转悲为喜，忙按狐狸说的站好。狐狸轻巧地踩着它爬上去后，便抖抖尾巴打算离开。

公山羊急了，骂狐狸没信用。狐狸转头对公山羊说："山羊啊，你但凡多思考一下，也不会不想退路就跳进井里。"

◎这则故事告诉我们，遇事要考虑好后果再行动。

冲动的人

有个脾气暴躁的庄稼汉，他痛恨狐狸经常来祸害自己的庄稼，总想着什么时候抓到狐狸，一定要狠狠出一口恶气。过了几天，他真的捉到了一只狐狸，想起狐狸往日的恶习，他怒不可遏，便把麻布浸了油绑在狐狸尾巴上，然后点燃了火。狐狸惊慌失措，被着火的尾巴吓得魂不附体，只能疯了一般地乱窜。庄稼汉刚开始觉得十分过瘾，没承想失去理智的狐狸跑进了他的田地，地里的庄稼燃起了猛烈的大火。庄稼汉眼见自己的粮食都化成了灰，痛哭流涕却又无计可施。

◎这则故事告诉我们，冲动是魔鬼，遇事切忌暴躁冲动。一时发怒做出过分的事情，往往也会伤害自己。

断尾的狐狸

有只倒霉的狐狸外出觅食，可食物没找到，尾巴还被捕鼠夹夹断了。看着短半截的尾巴，这只狐狸难过极了。一想到别的狐狸会因此嘲笑它，更是痛苦不已。这时，它突然想到一个好主意，如果大家的尾巴都是断掉的，不就没有狐狸可以嘲笑自己了吗？于是它暗下决心，一定要说服所有狐狸割断尾巴。

这只狐狸召集了所有狐狸，大张旗鼓地宣扬断尾的好处。它煞有介事地说：“这种长尾巴既不雅观，也不方便，拖着它四处走太累了。不如割去了，轻便又美丽。”不少狐狸露出心动的样子。

这时，一只聪明的小狐狸说：“喂，朋友，你长着长尾巴的时候，从来没说过这些话。现在你的尾巴断了，就开始宣扬断尾的好处，这都是为了你自己吧！”其他狐狸顿时恍然大悟。

◎这则故事讽刺的是那些明明是为了自己，却说是为了大家好的巧舌如簧的人。

智慧的盲人

有个盲人具有大智慧，据说不管什么动物，只要他一摸，就能知道这是什么动物，还能说出它的秉性、脾气如何。

有个人在野外发现了一只小狼崽，但是它太小了，一开始人们都说不准它到底是什么动物，于是就把它带给这位盲人去摸。盲人摸了摸小狼，皱了皱眉头，开口说道："它太小了，我不知道是狼还是狐狸，或者也可能是其他小动物，但是我很清楚，不管它是什么，都不能和羊群放在一起。"

◎这则故事说明，不好的特质是藏不住的，恶劣的秉性很早就能看出来。

烧炭工和漂布工

有个烧炭工住在河边，每天辛勤工作，家里堆满了炭。有一天，隔壁搬来了一位漂布工。烧炭工觉得人多比较热闹，便去邀请漂布工和自己一起住，大家互相有个照应。

烧炭工原以为漂布工一定会答应，没想到漂布工拒绝了他的提议，对他说："你是烧炭的，你的炭是越黑越好。可我却是漂布的，我得把布都漂成干净的白色。我们要是住在一起，我的布都会被你的炭染黑的。"

◎这则故事说明，凡事要从多方面考虑，性质不同的东西不能混在一起，脾气不同的人也很难生活在一起。

不曾见过狮子的狐狸

从前有只狐狸，打从出生起就没见过狮子，只是听说过狮子十分可怕。有一次狐狸去森林里觅食，迎面走来一只威风凛凛的狮子，它的头足有两只狐狸那么大，它的牙齿看上去十分锋利，显得凶猛又可怕。狐狸当场就被吓呆了，四肢动也动不了。狮子并不在意狐狸，径直走远了。过了很久，狐狸才从地上爬起来，想起狮子还是心惊胆战的。

那天过后，狐狸经常在森林里看见狮子。第二次遇见狮子的时候，狐狸还是吓得发抖，但是很快就能活动了，不再像第一次一样四肢僵硬。等到第三次见到狮子的时候，狐狸甚至鼓起勇气跟狮子打了个招呼。慢慢地，狐狸和狮子越来越熟，甚至能一起聊天了。从此之后，狐狸再也不怕狮子了。

◎这则故事说明，很多事物只是刚开始看着可怕，时间长了熟悉起来，就不那么可怕了。

冒充医生的青蛙

一位医生家附近有一个池塘，池塘里住着一只青蛙。这只青蛙每天听见医生谈论药物、病情，慢慢觉得自己也可以当医生了。于是有一天，它爬上一块大石头，自信满满地大声宣布："现在，我也是一名医生了，我对医药了如指掌。现在，你们谁有不舒服，赶紧告诉我，让我来诊治诊治。"

岸上的狐狸听见了，轻蔑地说道："你自己都是个跛脚，怎么不先治好自己再去治别人呢？"青蛙顿时哑口无言。

◎这则故事说明，没有真正的学问是不能让别人信服的。

公牛与车轴

几头公牛正埋着头奋力拉着车子，车子可真沉啊！公牛们累得一个个满头大汗，背上都磨出了伤口。当公牛们费力地拉着车子上坡的时候，车轴吱吱作响，好像自己也累得直喘粗气似的。一头公牛听不下去了，回头对车轴说道："你这个车轴，明明是我们在出力气拉车，背上担着全部重量，我们还没叫苦，你怎么叫唤个不停。"

◎这则故事讽刺的是那些明明没有出力气，却喜欢叫苦连天的人。

三只公牛和狮子

有三只公牛是好朋友，它们总是形影不离，因此没有野兽能伤害它们。有只狮子一直想吃掉它们，可是三只公牛战斗时同心协力，连狮子都无法打败它们。

眼见来硬的不行，狮子便想了个坏主意挑拨它们。巧舌如簧的狮子对每只公牛都说："你是我最敬佩的公牛，其他两只都不如你。"慢慢地，每只公牛都觉得自己是最厉害的，不需要其他公牛的帮助，于是三只公牛分道扬镳。狮子见机会来了，便挨个找公牛挑战，一只只地把它们吃掉了。

◎这则故事说明，众人同心，其利断金。要相信自己的朋友，不要听信他人挑拨。

鹦鹉和猫

有个人买了只鹦鹉回来，带回家精心照顾，还教它说话。鹦鹉渐渐和主人熟络起来，一人一鸟还能聊几句天。这天主人出门去了，鹦鹉便跳上灶台，开始叽叽喳喳地练习说话。

家里的猫看见了十分不悦，质问它是哪里来的野东西。

鹦鹉答道："我是主人刚从市场买回来的。"

猫更生气了："你这个胆大包天的东西，才来家里没几天就敢这么吵闹。我在这个家里那么久了，也不敢这样，不然主人会把我赶出去的。"

鹦鹉回答道："好的好的，我的管家太太，您还是去外面散步吧。看样子您还不明白，主人喜欢我的声音，而厌恶你的声音呀。"

◎这个故事讽刺了那些总是盛气凌人，还爱指责别人的人。

遭遇海难的商人

有个雅典的商人跟着一群人出海旅行。谁知到了中途，海上突然电闪雷鸣、波浪翻滚，商人所在的船一下子就被汹涌的波浪掀翻了。船上的人们纷纷落入海里，大家只能奋力游泳逃离这个大漩涡。只有那个商人趴在一块木板上，不但不划水，反而闭上眼睛，嘴里念念有词："伟大的女神雅典娜，求你救我离开这里，我日后一定给你进贡许多的金银财宝。"

旁边的人看不下去了，游到他身边说："女神会保佑你的，但是你现在得先自己动起来。"

◎这则故事说明，与其求助于别人，不如自己行动。

角与脚

一只鹿长着华丽的角，它到河边喝水，在水中看到了自己的倒影。鹿满意地转了转头上的角，觉得这角庞大又多叉，十分美丽。它又看了看自己的脚，又细又脏，颜色也灰扑扑的，鹿变得不大高兴了。

就在它嫌弃自己的脚时，一只狮子伺机扑来。鹿四脚一蹬，飞速逃走了，转眼就将狮子甩在身后。要知道，鹿的脚虽然纤细，却结实有力。狮子虽然凶猛，但是跑得远没有鹿那么快。所以在空旷的平原上，狮子总也追不上鹿，眼看鹿就要逃出生天了。

没想到，不幸发生了。鹿跑进了树林里，它那庞大多叉的角一下子卡进了树杈里，鹿几番挣扎，可就是拔不出来，狮子趁机追上来捉住了鹿。

被狮子压在爪下的鹿十分后悔地说："我可真是糊涂，我讨厌的脚救了我一命，我喜欢的角却害了我。"

◎这则故事告诉我们，评价事物不能从表面出发，真正有用的东西可能是貌不惊人的那个。

鹿和葡萄藤

有一只鹿正在被猎人追捕，它逃进了一座葡萄园，躲在茂盛的葡萄藤下。猎人追进来以后四处看了看，没发现鹿就离开了。鹿以为自己彻底安全了，便开始大口大口地啃食葡萄叶子，发出沙沙的声音。

猎人其实并未走远，他听到这沙沙声便立刻确定了鹿的方位。于是猎人悄悄靠近，一箭射中了鹿。鹿倒在地上，叹息着说道："都是我的过错，我怎么能啃食救过自己的葡萄藤呢！"

◎这则故事说明，忘恩负义的人一定会受到惩罚的。

鹿和洞里的狮子

有一只鹿被猎人追捕，它拼命地逃跑，正好看到路边有个洞穴。森林里的洞穴可不是能随便进去的，里面可能有大危险，但是鹿在慌乱中忘记了思考，一头冲了进去。果然，洞穴里住着一只凶猛的狮子，它正睡着觉呢，没想到一只鹿直接钻进来了，狮子立刻扑上去捉住了鹿。

被压在爪下的鹿十分后悔，它叹着气说："我可真是愚蠢，为了躲避人，居然跑进了更危险的狮子洞穴里。"

◎这则故事告诉我们，不能为了躲避小危险，而将自己置于更危险的境地。

一只眼睛的鹿

有只鹿瞎了一只眼睛，为了躲避危险，它每次都到海边吃草。它用看得见的眼睛观察着陆地的动静，提防猎人和狮子的攻击，而那只看不见的眼睛则对着海面，因为鹿觉得海上不会有什么危险。

这一天，鹿又像往常一样在海边吃草。有人乘船路过，看见这只没反应的鹿很惊讶，于是张弓搭箭，一箭射中了鹿。

倒下的鹿自言自语道："我多么不幸啊！我精心防备着陆地的危险，没想到我信任的大海却带来了更大的灾难。"

◎**这则故事告诉我们，危险是难以预料的，要多分析潜在的危险。**

天文学家

有个天文学家除了天上的星辰以外对什么都不感兴趣，他每天晚上都要出门去山坡上，什么也不做，只是聚精会神地观察星辰的运行。有一天，他又来到郊外，照例抬着头望着天空，一不留神就掉进了一口井里。

天文学家无奈，只能大声呼救。恰好附近有人路过，就赶紧把他拉了上来，那人好奇地问他怎么会掉进这么显眼的井里。天文学家答道："因为我一直在抬头看一颗星星。"那人又问道："可是你那么用心地观察远在天边的星星，怎么就不看一眼你脚下的土地呢。"

◎这则故事告诉我们，不仅要看到远处的风景，也要关心身边的事物。

骡子

农场里生活着一只高大的骡子，它不仅高，长得也很肥，每天要吃很大一捆大麦。骡子在草场上跳了跳，觉得自己的长腿健壮有力，它自言自语道："我跳得这样高，跑得这样快，我的父亲大概是一匹高贵的马吧！它一定也擅长奔跑跳跃，所以我才这样优秀。"

就在骡子沾沾自喜的时候，农场主来了。他给骡子架上沉甸甸的货，赶着骡子送货去了。骡子驮着东西走了一路，累得气喘吁吁。它一脸愁容地想：我这样一头驮货的驴，父亲怎么可能是马呢？

◎这则故事告诉我们，不论处在何种境遇下，都不能忘记自己的出身。

鲔鱼和海豚

一只鲔鱼被海豚紧追着，一路上惊慌不已。海豚穷追不舍，就在马上就要捉住的时候，筋疲力尽的鲔鱼孤注一掷，向海岸边跳去，就这样搁浅在岸边了。一直追在后面的海豚来不及细想，也跟着鲔鱼跳上了岸。终于，鲔鱼和海豚都搁浅在岸边了。

干旱的岸边很快就让鲔鱼和海豚奄奄一息，鲔鱼回头去看，只见海豚因为身躯庞大，更加干渴难过，它冲着海豚说："我没什么可悲的，能和你同归于尽就已经满足了。"

◎这则故事说明，有些弱者就算无法逃离不幸，也能让敌人陷入一样凄惨的境地。

学嘶叫的鹞

鹞的声音洪亮动听，但它不满足，总觉得自己还能再厉害一点。一天，它听见农场里马的嘶叫声十分高亢，非常羡慕，于是它对马说：“马儿马儿，你的嘶叫声真威风，让我学学吧。”于是，鹞每天跟着马学嘶叫。日子一天天过去了，鹞非但没学会像马那样嘶叫，反而忘记自己以前的叫声了。从那以后，鹞再也发不出声音了。

◎这则故事告诉我们，每个人都有属于自己的特点，盲目地模仿他人，反而会失去自己的特色。

捕鸟人和蝮蛇

捕鸟人带着树胶和粘竿进入森林里捕鸟。一只麻鸡正站在高处的树枝上休息，捕鸟人慢慢地靠近，打算把这只麻鸡捉住。

捕鸟人全神贯注地盯着麻鸡。他一边举起接长的粘竿，一边小心翼翼地靠近大树。捕鸟人一直仰着头，眼里只有那只麻鸡。没想到，他的脚不小心踩到了一条熟睡的蝮蛇。

睡梦中的蝮蛇被人打扰，十分不爽，一回头就狠狠咬在捕鸟人的脚上。捕鸟人“哎哟”一声倒在地上，麻鸡见状立刻飞走了，只剩下奄奄一息的捕鸟人。他叹着气道：“我可真是倒霉，本想捕到麻鸡，结果鸟没捕到，反丢了性命。”

◎这则故事告诉我们，凡事不能只看见眼前的好处，也要关心身后的危险。

结伴的人和狮子

一人一狮刚好同路，于是双方结伴而行。一路上，人和狮子谁也不服谁，总是想着较量一下，看谁更厉害。

这天，他们走过一个路口，只见路边竖了一块带字的石碑，这个人便凑过去读给狮子听。原来这个石碑上刻的是一个人制服了一头狮子的事迹。那人得意扬扬地对狮子说："你看，我们人可比你们狮子强大多了。"

狮子却不以为然，反而嘲讽地说道："这是你们人类写的字、刻的石碑，记载的自然是人制服狮子的故事。要是我们狮子也会写字、刻碑，恐怕你也会看见很多狮子把人踩在脚下的石碑吧。"

◎这则故事说明，人总是习惯站在自己的立场上去了解事情。

想要国王的青蛙

一群聒噪的青蛙生活在池塘里，它们每天为了一点点小事就呱呱呱地吵个不停，青蛙们觉得这样下去不行，于是派了一个代表去找众神之王宙斯，请求宙斯赐给它们一个国王。

宙斯为了让这些青蛙安静一些，便将一根木桩投进池塘，告诉青蛙们这就是它们的国王。刚开始的时候，青蛙们被木桩落水的声音吓到了，便老老实实地奉木桩为王，过了一段安生日子。可是没过多久，青蛙们便发现木桩既不会叫也不能移动，就又慢慢放肆了起来，甚至有胆大的青蛙还爬到木桩上面耀武扬威。

池塘变回了以前的混乱样子，青蛙们又去找宙斯，想要一个更厉害的国王。于是宙斯派了一条凶猛的水蛇过去，水蛇看见聒噪的青蛙心烦意乱，就张开大嘴把青蛙们都吃掉了。

◎这则故事说明，人应该自己约束好自己，而不是寻求别人的管制，否则只会招来祸端。

马和驴子

有个人带了一匹马和一头驴子去送货，驴子驮的东西满满当当，压得它气喘吁吁。于是驴子对身旁的马说："马大哥，这些东西太重了，我会丧命的。你救救我，帮我驮一点吧。"马并不答应，它觉得既然自己可以轻快地赶路，何必自讨苦吃。

过了没多久，驴子不堪重负，摔倒后一命呜呼。主人见状，就把所有的货都挪到这匹马的身上。不仅如此，主人还把驴子的皮剥下来，也放在马背上。

于是，马每走一步，都觉得十分艰难，它不禁后悔道："我当初不肯帮驴子分担那么一点重量，结果现在不仅要背着所有货物，还得背着驴子的皮。"

◎这则故事告诉我们，善于与他人合作，互相分担任务，对双方都有好处。

马和士兵

有个士兵养了一匹马，打仗的时候，他用精良的大麦喂马，让马长得十分健壮，方便他在战场上冲锋陷阵。但是战争结束后，士兵不再好好喂马，还让马做苦工，每天搬运重货。

过了很久，战争又一次爆发了，战斗的号角已经吹响了，士兵把马牵出来戴上辔头，自己也穿上盔甲，打算骑着马出城战斗。

可是士兵刚上马，马就跌倒了，躺在地上直喘粗气。这匹马做了太久的苦工，已经变得又瘦又弱。马对士兵说："你无法再做骑兵了，就随着步兵队出城战斗吧。我已经没法做战马了，是你让我运货拉磨，把我变成一头驴的。如今怎么能指望我继续上阵战斗呢？"

◎这则故事告诉我们，不管在任何情况下，都要时刻做好准备。

芦苇与橄榄树

橄榄树和芦苇是邻居，它们谁也不服谁，总是争论谁更强大。一阵微风吹来，橄榄树傲然挺立，芦苇则随风摆动。橄榄树看见了，很不屑地说：“刮阵风你就躺倒了，真是太弱了。我就从来不畏惧风。”芦苇听了不作声，依然轻柔地摆着自己的身体。

有一天，突然刮起了暴风。狂风卷起沙子、石头呼啸而来。芦苇像往常一样，随风躺倒，躲过了一劫。骄傲的橄榄树自以为可以战胜狂风，固执地站在原地。只听到咔咔几声，橄榄树的树枝被刮断了，接着橄榄树整个往后倒去，连树根都被掀起来了。

◎这则故事告诉我们，真正的强者能屈能伸，面对强大的敌人要学会避其锋芒。

两只屎壳郎

有两只屎壳郎和一头牛生活在小岛上，它们正是靠着这头牛的粪便生活。冬天到了，食物减少了，不足以养活两只屎壳郎。一只屎壳郎就对另一只说："这里的粮食都留给你，我要飞去陆地过冬。要是那里食物丰富，明年我一定给你带好多好吃的。"

飞去陆地的屎壳郎发现了好多新鲜湿润的牛粪，便留在那里过冬，整个冬天过得非常富足。

冬去春来，这只屎壳郎飞回了小岛，它已经变得胖乎乎、油亮亮的了。留在小岛上的屎壳郎干巴巴的，还很瘦弱，见到陆地回来的屎壳郎两手空空，便责备它："你不是说会带来食物吗？怎么什么都没有？"

从陆地回来的屎壳郎很不好意思，随即撒谎说："这不怨我，怨陆地的风俗，那里只可以吃东西，不能带走。"

◎这则故事讽刺了那些自己吃饱喝足却不关心朋友的人。

不愿搬家的青蛙

有两只青蛙是邻居，它们一个住在路边的小水洼里，一个住在远离大路的水很深的池塘里。

马路上每天人来人往，还有很多车子经过。住在池塘里的青蛙就劝另一只青蛙说："朋友，你那里太危险了，来来回回那么多大车子。不如你赶紧搬过来和我一起住吧，这里安全又舒适。"可是那只青蛙只是回答："嗯嗯，改天吧。"它舍不得离开自己住惯了的环境，并不想搬走。直到有一天，一辆失控的车子翻倒在路边，正压在小水洼里的青蛙身上。

◎这则故事告诉我们，坏习惯应该及时改正，危险来临之前也应当立刻避开。

搬家的青蛙

有两只青蛙住在一个小池塘里。刚开始的时候，它们的生活十分快乐。炎炎夏日来临，这个小池塘的水很快就被毒辣的太阳烤干了。它俩只能离开这里，去找新的池塘。

它们跳呀跳，一路上十分辛苦。这时，一只青蛙发现路上有一口很深的井，它跳过去看了看，井底还有清凉的井水。于是它兴高采烈地告诉另一只青蛙："快看这里多好，我们一起跳下去，就在这井里生活吧。"

另一只青蛙却十分冷静，它问道："等这深井里的水也干了以后，我们要怎么爬出来呢？"

◎这则故事告诉我们，做决定之前要深思熟虑，不能轻举妄动。

鹰的报恩

有只老鹰不幸落到了捕兽夹里动弹不得，一个农夫刚好经过，见老鹰的羽毛丰满鲜亮，眼睛炯炯有神，觉得这只美丽的动物被抓住太可惜了。于是，农夫用石头砸开捕兽夹，救出了老鹰。老鹰十分感激，向农夫保证自己会来报恩的。

从那以后，老鹰经常来看望农夫。有一天，老鹰看见农夫正坐在一面快要倒塌的墙边。老鹰很是着急，情急之下，它俯冲下去，用锋利的爪子钩走了农夫的头巾。农夫正在休息，突然没了头巾，下意识就向前追了几步。老鹰看农夫离开了原地，就把头巾丢了下来。农夫不明所以，刚整理好头巾，只听“轰隆”一声，他刚刚坐的地方已经被倒塌的墙压住了。农夫这才明白是老鹰救了自己，心里十分感动。

◎这则故事说明，滴水之恩，涌泉相报。做好事的人也会得到别人的帮助。

农夫与狗

有个农夫养了一群羊、一头牛和几只狗。冬天的时候刮起了大风暴，外面一片冰天雪地，整日狂风呼啸。农夫和动物们一起躲在田庄里，无法出去。粮食很快就见底了，农夫只能杀羊吃肉来充饥。过了好几天，羊被农夫吃光了，外面的风雪还是没停。农夫想，既然羊已经吃了，那牛也能吃，等出去以后再买就是了。于是，他又把为自己耕田的牛吃了。

夜里，几只狗聚在一起商量："看样子我们必须冒着风雪逃离这里了。那头老牛勤勤恳恳为主人耕了好几年的地，现在也被他吃掉了。我们最后也一定会被吃掉的。"于是这几只狗连夜逃走了。

◎这则故事说明，失道寡助，如果对自己亲近的人都不讲情分，其他人就会远离你。

农夫与蛇

从前有个心地善良的农夫，他不仅经常帮助别人，对小动物也非常友善。某个天寒地冻的冬天，农夫去集市上买东西，在路上看见一条冻僵的蛇。农夫本想走开，可是转念一想：天气这么冷，这条蛇一定会冻死的呀。我得救它，就算是蛇，也不会咬自己的救命恩人吧。于是农夫便把这条蛇放进了自己怀里。蛇感受到温暖以后，慢慢地苏醒过来，觉得这地方闷得透不过气，便张嘴狠狠咬了农夫一口。

农夫猛然感受到一阵疼痛，随即摔倒在地，躺在那里痛心地说：“我可真是个蠢货，居然相信毒蛇会知恩图报。”

◎这则故事告诉我们，恶人的天性是不会改变的，帮助他们反而会害了自己。

麻鸡

一只麻鸡在森林里飞来飞去地觅食，它在一棵桃金娘树上发现了好吃的果子，便一直留在那里吃东西。路过的小鸟都劝它："这里很危险，你赶紧飞走吧。"但是这果子实在太好吃了，麻鸡迟迟不愿意离开，总想着：吃完这颗，我就飞走。

就这样，麻鸡在桃金娘树上停留了很久，直到一个捕鸟人发现它。那人拿起长长的粘竿，快速地捉住了这只贪吃的麻鸡。

麻鸡这时候后悔极了，说道："我真是愚蠢，因为贪吃而断送了性命。"

◎这则故事告诉我们，不能因为一时的贪念，就忘记了附近的危险。

乌鸦和鸽子

从前有只乌鸦，它看见鸽子们的生活十分优越，既有好吃的，鸽子窝还很漂亮，便想办法要混进去。它从人类那里偷来一桶白漆，把自己全身羽毛都刷得白白的，然后冒充一只鸽子混进了鸽子群里。

刚开始鸽子们并没有发现异常，因为乌鸦和鸽子体形很相似，只有声音完全不一样。那只乌鸦便假装自己是个哑巴，默不作声。其他鸽子可怜它不会说话，对它更好了。直到有一次，乌鸦吃到了最喜欢的肉，忍不住嘎嘎叫了起来，鸽子们立刻认出了它是乌鸦。上当受骗的鸽子们非常生气，连夜把乌鸦赶走了。

乌鸦被鸽子群驱逐以后，就想着大不了回乌鸦群好了。但没想到的是，乌鸦们围着它，左看看，右看看，这雪白的羽毛怎么看都不像只乌鸦，因此也拒绝接纳它。乌鸦只好孤零零地生活，本来想吃到两边的食物，现在两边都不接纳它了。

◎这则故事告诉我们，我们要珍惜自己现在拥有的，盲目贪图他人的好处，最后可能一无所有。

逃走的乌鸦

有个人抓到了一只乌鸦，他把乌鸦的脚绑住，送给自己的孩子玩。

乌鸦的日子过得苦不堪言，小孩子经常拉扯它腿上的绳子，还强迫它飞来飞去。这天，小孩子忘了关窗户，乌鸦看准时机，一拍翅膀飞了出去。摆脱束缚的乌鸦高兴极了，它只想着赶紧飞回自己的巢穴。

但是没想到，乌鸦腿上的绳索很长，在飞行中缠在了树枝上，怎么也挣脱不了。乌鸦再也飞不起来了。

乌鸦折腾得筋疲力尽，也没有办法逃脱。它自言自语道：“我本以为可以逃脱人类的控制，没想到却在这里被困住了。”

◎这则故事告诉我们，避开了一个小危险，说不定会面临更大的危险，要时刻保持警惕。

想吃肉的狐狸

有只老鹰辛辛苦苦找到了一块肉，它叼着肉站在一棵树上休息。一只狐狸正好看见了，对着老鹰嘴里的肉直流口水，狐狸眼珠子滴溜溜一转，便想到了一个主意。

狐狸慢慢踱步，靠近老鹰，装出惊异的样子称赞老鹰："老鹰大哥呀，您的身躯多么高大美丽啊！孔雀、大鹏都比不过您。"老鹰听到了称赞，心里十分受用，但还是紧紧叼着肉。狐狸继续说道："依我看，您最适合当百鸟之王，可惜不知道您的嗓音怎么样，要是您歌声动听，那可真是锦上添花，是名副其实的百鸟之王。"

老鹰一听，急于展示自己，马上张开嘴开始大声歌唱。

狐狸飞快地跑过去，抢过那块肉就跑远了，还冲着老鹰大喊："你要是再有点脑子，倒是可以去给鸟当国王了。"

◎这则故事讽刺了那些爱听赞美的虚荣之人。

农夫与树

农夫的地里长了一棵并不高大的树。农夫不喜欢这棵树，但是附近的麻雀和知了却经常在这棵树上休息、玩耍。终于有一天，农夫打算把这棵树砍掉再种些有用的东西。

于是，农夫拎着斧头到了地里，开始砍这棵树。树上的麻雀和知了惊慌失措，忙围着农夫叽叽喳喳地求情："求求你不要砍掉这棵树，我们都住在这里。你不砍它的话，我们每天都会为你唱歌。"农夫充耳不闻，因为这群麻雀和知了的感谢对他并没有什么用处。

农夫抡起斧头，准备砍树，突然发现树上居然有个蜂巢，正在向外流淌蜂蜜。农夫舔了一口蜂蜜，十分满足。于是他扔掉斧头，把这棵树好好地养了起来，这样他就能经常吃到蜂蜜了。

◎这则故事讽刺的是那些不考虑别人，只想着自己拿好处的人。

逃跑的狗

有只家养的狗过着优渥的生活，每天吃饱喝足，非常惬意。有一天，主人觉得用得上狗的时机到了，便让狗去跟野兽搏斗。狗一见到那些凶猛的野兽，就吓得魂不附体，奋力挣脱项圈，撒腿逃跑了。

路边的流浪狗见它平日养尊处优，身子胖得像公牛一样，不理解它为何逃跑，便凑过去问：“你日子过得那样好，怎么还跑了呢？”

这只狗叹了口气，回答道：“我知道我过的是享福的日子，享用的是上好的食物，可现在我是危在旦夕，没命享受，因为主人让我去跟熊和狮子搏斗啊。”

流浪狗们听完恍然大悟，互相说道：“我们的生活虽然是苦了点儿，至少不用跟熊或狮子搏斗。”

◎这则故事说明，天下没有免费的午餐，荣华富贵需要付出相应的代价。

狗和海螺

有一只急脾气的狗喜欢吃鸡蛋，每次吃鸡蛋的时候都着急忙慌地一口吞下。一次，它看见一个圆圆的海螺，以为是颗鸡蛋，不等细看，直接张口就吞了下去。过了一会儿，它觉得肚子里翻江倒海地疼，这时候才后悔道："都怨我太着急了，看见圆的东西就以为是鸡蛋。"

◎这则故事告诉我们，欲速则不达，凡事应该先冷静思考，仔细观察，再做决定。

睡着的狗和狼

一只牧羊犬在羊圈外睡着了，它睡得太沉了，没注意到一只狼悄悄接近了它，想抓住它当食物。

狼突然跃起，一把把牧羊犬压在爪下，冲它亮出白森森的牙齿。牧羊犬从睡梦中惊醒，睁眼就看见凶狠的狼，十分惊恐。但是它很快冷静下来，装作害怕的样子，可怜兮兮地说：“狼大哥，你看我瘦得皮包骨头，你吃我都硌牙，不如这样，我的主人马上就要举办婚礼了，到时候我就能吃饱喝足，胖到肚子像西瓜一样圆，你那时再来吃我多好。”狼咽了咽自己的口水，觉得这话很有道理，便和狗约好下个月来吃它。

到了第二个月，狼估计狗已经长肥了，便又来到羊圈，看见那只狗正好卧在高高的屋顶上，狼便冲它喊道：“快下来，还记得我们的约定吗？”

狗并不下去，它悠然地说道：“等下次你再看见我睡在羊圈外的时候，再提醒我那个约定吧。”说完便冲狼大叫起来，屋里的猎人听见了，跑出来赶走了狼。

◎这则故事告诉我们，聪明的人从不犯相同的错误。

衔着肉的狗

有只贪婪的狗特别好斗，总是喜欢和别的狗抢食物。有一次，它得到一大块肉，便紧紧地衔着这块肉，打算跑远一些独自享用。渡过一条河的时候，它看见河里也有一只衔着肉的狗。其实这只是它的影子，但是贪婪的狗断定河里那只狗的肉块更大些。于是它朝着河里的狗狂吠起来，然后扑通跳进河里。

结果，它既没抢到河里那条狗的肉，还把自己的肉也弄丢了。

◎这则故事讽刺了那些贪婪好斗的人，他们最后往往得不偿失。

农妇和母鸡

从前有个农妇，她养了一只生蛋的母鸡，但是这只母鸡每天只生一个蛋，农妇很不满足。农妇想：怎么能让母鸡多生蛋呢？她观察了几天后发现，这只母鸡很喜欢吃大麦，每次吃饱后就去生蛋。农妇觉得自己找到了办法，只要给母鸡吃更多的大麦，一天就能得到两个蛋。于是农妇加倍地喂母鸡大麦，母鸡变得越来越肥，最后连一个蛋也生不出来了。

◎这则故事说明，贪婪会让人们失去原本拥有的东西。

小母牛和公牛

有个农场里生活着两头牛，一头是公牛，每天要出去耕地、拉货；一头是小母牛，每天无所事事，只待在牛棚里吃草。小母牛见公牛每天过得那么辛苦，便暗自庆幸自己不用工作。

直到有一天，主人家里来了客人，便绑了小母牛打算宰了吃肉。公牛看见了对它说："你总以为自己不用干活是好事，其实有更大的不幸在等着你呢。"

◎这则故事告诉我们，无所事事不仅不是好事，还可能潜藏着不幸。

胆小的猎人与樵夫

有个胆小的猎人总是喜欢夸耀自己的力气，还声称自己见过狮子。有一天，这个猎人决定出去寻找狮子的足迹，这样下次还能继续吹牛。猎人一路找到山脚下，看见一位樵夫，就上前问道："嘿，砍柴的，你知道哪里有狮子的足迹吗？"那樵夫回答说："我倒是知道狮子在哪里。你要看狮子的话只需要翻过这座山。"猎人一听这儿附近真的有狮子，立刻吓得面色惨白，牙齿打战，赶紧说："不不不，我才不要见狮子，我只是想看看狮子的足迹。"

◎这则故事讽刺了那些嘴上说得好听，实际上又胆小又无能的人。

小猪与羊群

一只小猪在逃跑中混进了羊群里，追赶它的牧人紧随而来，一把抓住小猪的后蹄想把它拖出来。小猪奋力抵抗，又是挣扎蹬腿，又是大声号叫。周围的羊不能理解小猪的行为，就凑上去问：“我们也常常被捉，可从来没有像你这样挣扎的。”小猪气愤地说：“那是自然，牧人抓你们，不过是剪羊毛或挤羊奶，我呢，牧人抓我是想吃我的肉啊！”

◎这则故事说明，处境不同的人很难互相理解。

虎虾鱼

海豚和鲸鱼都是海里的强者，它们谁也不服谁，总是互相争斗。有一次，它们又争斗了很久，双方都负了伤，但是谁都不愿意罢休。有只小小的虾虎鱼一直躲在附近看热闹，这时候它觉得自己应该站出来说两句，便慢悠悠地游过来说：“两位大哥听我说一句，不如给我个面子，到此为止吧，不要再打了。”

海豚见不知从哪里钻出来的小鱼都敢来插手自己的事情，便怒上心头，没好气地说：“你算什么东西，我们就算打得站不起来，也不想让你这个躲在一边的胆小鬼做调解。”

◎这则故事告诉我们，不要随便插手别人的事情，自以为是的人反而会被人看不起。

好奇心旺盛的兔子

有只好奇心旺盛的兔子对什么都喜欢刨根问底。它听说狐狸擅长捕猎，就跑到狐狸面前问："听说你很会捕猎，是真的吗？"

狐狸看着这只傻兔子，计上心头，微笑着说："那是自然，你要是想知道真相，就跟我回洞穴，我会用捉来的猎物招待你的。"

兔子真的跟着狐狸去了它的洞穴，等到了洞里，兔子发现饭桌上什么都没有。正想发问，只见狐狸奸笑着说："好菜可不就是你吗？"

兔子后悔地说："原来你擅长的不是捕猎，而是诈骗。"

◎这则故事说明，好奇心过于旺盛也会招来不幸。

年老的狮子与狐狸

有一头年老的狮子，它已经没有力气去远处捕食了。于是它想到一个计策，它在一个洞穴里躺下，假装病得起不来了，等别的动物因为好奇来看望它时，便把动物抓住吃掉。

有很多动物上了当，被狮子吃掉。渐渐地，这件事传到了狐狸的耳朵里。狐狸便来到洞穴外远远地看着，还假装关切地问："狮子呀，你的身体怎么样了？"

狮子装作有气无力地说："不太好了，我大约活不久了，你怎么不进来看看我？"

狐狸嘲讽地说道："我本来是想进去的，但是我在洞穴口发现了很多有去无回的脚印。"

◎**这则故事说明，聪明人会根据蛛丝马迹预判并躲避风险。**

贪图名誉的鹿

一向威风的狮子生病了，只能待在山洞里。有只狐狸素来是狮子的小跟班，便来看望它。狮子对狐狸说：“都说你聪明，你要是想让我养好病，就用你的甜言蜜语骗头鹿来给我吃吧。”

狐狸满口答应，它也希望狮子养好病，这样自己就能继续跟在狮子后面耍威风了。于是它找到一头鹿说：“哎呀！你的角真是美丽，我有个好消息要告诉你。我们的国王狮子生病了，委托我来找个继承人，我一眼就看中了你。你跟我一起去找它吧。”

鹿信以为真，开开心心地跟着狐狸往山洞里走。没想到，鹿刚进山洞，狮子便冲上去一爪抓伤了鹿的耳朵。鹿惊慌失措，转头就跑。

狮子哪能看着猎物逃脱，就让狐狸把鹿追回来。狐狸赶紧追着鹿跑出去，在后面大喊：“你跑什么呀！狮子只是想在你耳边嘱咐你两句罢了，你难道要放弃到手的王位吗？”鹿被说动了，又停下了脚步，跟着狐狸回去了。

再一次回到洞穴的鹿立刻被狮子吃掉了，它死前后悔地说：“我真是愚蠢，怎么会两次陷入同一个陷阱？”

◎这则故事告诉我们，贪图名利会蒙蔽我们的心智，使我们陷入灾难。

农夫与狮子

有只狮子误打误撞闯进了农夫的农场里。农夫想要捉住这只狮子，就把农场的门用铁链紧紧锁住了。狮子发觉出不去后便愤怒地冲向农夫养的动物们。它先是咬死了所有的羊，接着又去追赶牛，所有动物都吓得四处逃窜。农夫眼见自己农场里的动物越来越少，无奈之下只得打开门放狮子离去。

狮子离开后，农夫看着受伤死亡的牛羊悲叹不已。农夫的妻子看见了，对他说："你真是活该！你不想着避开狮子，怎么还把它和自己的牛羊关在一起呢？"

◎这则故事告诉我们，面对强大的敌人，我们要避其锋芒。

白松和木莓

白松和木莓是一对邻居，白松高大，木莓矮小。白松经常夸耀自己，看不起木莓。这一天，白松又扬扬得意地开口了："你看看我，体态高大优美，我的枝干既可以做庙宇的屋顶，还能做渡海的船只。你呢？枝干又细，个子又矮，能有什么用处。"

木莓平静地说："你要是想想劈你的斧头和锯子，恐怕就更愿意做一棵木莓。"

◎这则故事告诉我们，炫耀自己的能力和名声也许会招来祸患，谦卑的人反而生活得更安稳。

挂铃铛的狗

有一只性格恶劣的狗总是咬伤别人。它的主人很是头痛，想了好久才想到一个好主意。主人在这只狗的脖子上挂了一颗铃铛，走起来叮叮当当地响。这样人家听到铃铛声就会躲开它。

这只狗却十分得意，它觉得戴着铃铛显得自己更加不凡了，于是每天都摇着铃铛在集市上晃悠。

街上的老狗很看不惯它这个样子，对它说："你得意什么？挂这个铃铛是为了让人避开你这性格恶劣的狗，你不以为耻，反以为荣，真是可笑。"

◎这则故事讽刺了那些性格恶劣却不自知的人。

懦弱的猎狗

有只猎狗总是梦想着自己可以跟狮子一较高下。这天刚好看见一只狮子，猎狗紧追上去。跑了一会儿，狮子觉得猎狗很烦人，便转过头冲着猎狗大吼一声，想要吓退它。果然，猎狗近距离看见狮子的血盆大口，听到震耳欲聋的吼声，当即吓得转头就跑。

附近的狐狸看到了，对猎狗说道："懦弱的家伙，你连狮子的吼声都扛不住，怎么有胆子去追它的。"

◎这则故事讽刺了那些不自量力的人。

蚊子和狮子

一只小小的蚊子飞到威风的狮子面前宣布：“别的动物都怕你，我不怕。比你更强的人类我都不怕，你要是不信，就让我们来较量一下，看看谁更强。”

狮子并不把蚊子放在眼里，也不理睬它。蚊子却斗志昂扬地冲向狮子，它专挑狮子没毛的鼻子周围咬。狮子不得不迎战，它伸出爪子想抓到蚊子，却把自己的鼻子抓出了道道血痕。狮子不得不要求停战，承认蚊子比自己强。

赢了的蚊子嗡嗡地高唱着，庆祝自己取得伟大胜利，不料却一头撞上了蜘蛛网，再也挣脱不开。

蚊子无奈地感叹：“我连狮子那样强大的对手都战胜了，却在微不足道的蜘蛛手上丧了命。”

◎这则故事告诉我们，没有绝对的强者与弱者，每个人都有强大的一面和弱小的一面。

蚊子与公牛

一只蚊子在公牛的角上休息了好久，待在牛角上的它觉得自己仿佛跟公牛一样强壮。当它打算离开的时候，问公牛：“我在这里待了好久，你是不是累了，希望我早点离开。”

公牛慢条斯理地说：“我根本不知道你在我的身上，如果你不说，我也不会知道你要走。”

◎这则故事讽刺了那些能力不足又妄自尊大的人。

两个敌人

有两个人互为仇敌，事事争吵打架，没有一天消停。这一天，他们要乘同一艘船去航海，两个人都想离对方远远的，于是一个坐在船尾，一个坐在船头。

没想到航行到一半，海上下起了暴风雨，小小的船只很快被海浪打出了破洞，海水灌进了船里，船马上就要沉了。船夫连忙催促大家赶快逃命。正在生死攸关的时候，船尾的那个人却问船工："兄弟，这船哪边先沉下去？"船工很不理解怎么有人好奇这个，但还是回答："船头先沉。"那人一脸兴奋地说："太好了！只要能看见我的对头先掉进海里，我就没什么不满的了。"

◎这则故事讽刺的是那些损人不利己，宁可自己遭罪也要报复别人的人。

老马

有一匹马年轻的时候走南闯北，见过不少世面，它深以为傲，总是夸耀自己的经历。随着它越来越老，主人便把它卖给了农场主。农场主把这匹马带到磨坊里，给它套上马套准备拉磨。老马心里非常失落，它叹息道："我的一生跑过无数平原山川，没想到终点居然是这家小磨坊。"

◎这则故事告诉我们，壮年时的荣耀如过眼云烟，不可太自以为是，因为老年时也可能遭遇困苦。

马和马夫

马夫养了一匹马，他希望这匹马长得健壮，却时常把马的大麦偷走卖掉。马总是吃不饱，毛色也不鲜亮，身体也很瘦弱。于是马夫就每天给马擦洗身体，还用梳子仔细地梳理马的毛发。

马对马夫的行为并不感动，反而说："你要是真的想让我长得健美，与其做这些无用功，不如把属于我的大麦拿回来。"

◎这则故事讽刺的是那些嘴上说得好听，实际上却不给好处还偷拿东西的人。

螃蟹与狐狸

一只好奇心旺盛的螃蟹不甘心只住在海里，便独自爬到了海岸上，它觉得这里阳光充足、平坦宽阔，很适合生活。就在螃蟹满心欢喜的时候，一只饥饿的狐狸发现了它，这只狐狸打定主意要捉了螃蟹来吃。趁螃蟹不注意的时候，狐狸一把抓住了它。

螃蟹眼见自己要被吃掉了，不禁感叹自己的愚蠢："我本来是海里的生物，却非要来到陆地上生活。遭此厄运，真是活该。"

◎这则故事告诉我们，人应当选择适合自己的生活方式，强行改变的话只会带来不幸。

螃蟹妈妈与小螃蟹

有只特立独行的母螃蟹，觉得自己家族的走路习惯太不优雅了，它决心从自己的后代开始改变。于是母螃蟹教育自己的儿子：“不许横着爬，也不能让肚子擦着潮湿的岩石。”螃蟹妈妈十分严厉地训练着小螃蟹，可是它们无论试多少遍，都只能横着走。于是一只小螃蟹说：“妈妈，不如您先示范一下怎么直着走，我们再跟着学。”螃蟹妈妈陷入了沉默。

◎这则故事说明，教导别人行事的时候，至少自己要先做到，以身作则才是教育。

农民与狗

有个农民养了一条不怎么聪明的狗。有一天，狗不小心掉进了井里，农民十分担心，找了绳子打算把它拽出来。没想到狗太重，井边又太滑，农民自己也滑进井里去了。

农民一下子掉在了狗的身上，这狗以为主人是要把它压到更深的地方，于是回头张开大嘴狠狠咬了主人一口。

农民疼得龇牙咧嘴，忍着痛从井里爬了出来，对着井口抱怨道："这家伙真是不识好人心。"

◎这则故事说的是那些忘恩负义、以怨报德的人，中国也有句歇后语"狗咬吕洞宾——不识好人心"。

里拉琴师

有个演奏技术很差的里拉琴师，他总是在四面都是泥灰墙的屋子里自弹自唱。在这破烂屋子里演唱的时候，没有人能听见他的演奏，这位琴师便觉得自己的弹唱一定十分动听。

琴师越想越得意，觉得自己不该屈尊于这个破屋子，应该到辉煌的剧院演奏才对。于是他兴冲冲地去剧院自荐上台，到了登台表演的时候，观众们被这刺耳的弹唱震惊了，纷纷扔着石头让他赶紧离开。

◎这则故事说明，有的人以为自己才华横溢，但到了见真功夫的时候，就暴露了他才疏学浅的事实。

捡到便宜的狐狸

狮子和熊一起猎到了一只小鹿，但是分猎物的时候谁都不愿意让步，都想独占这只鹿。于是，它们开始了激烈的搏斗，最后双方都筋疲力尽地躺在地上，动弹不得。

一只狐狸正好路过，它见狮子和熊都瘫在地上，中间放着一只小鹿，立刻明白了怎么回事。于是狐狸飞快地叼起小鹿，一溜烟地跑掉了。

狮子和熊眼睁睁地看着自己辛苦猎来的小鹿被夺走，感慨道："我们真是倒霉，最后白白为狐狸辛苦了一场。"

◎这则故事告诉我们，互相争斗反而会使他人得利，正如中国的成语：鹬蚌相争，渔翁得利。

狮子和野猪

炎炎夏日，动物们渴得嗓子都快冒烟了。

狮子和野猪正巧走到同一个泉水边喝水，尽管双方都很渴，但还是为了谁先喝水争论了一番。一番争斗下来，双方都气喘吁吁。

就在它们打算休息一会儿再争的时候，忽然发现身后不知道什么时候多了很多秃鹫。原来，这些秃鹫正等着它们在争斗中死去，谁先倒下就会被秃鹫吃掉。

狮子明白了这一点，就向野猪请和："我们不要再争来争去了，还是一起和和气气地喝水吧。这样总好过倒下以后变成秃鹫的食物。"

◎这则故事说明，无谓的争斗只会酿成更大的危险，多一个朋友好过多一个敌人。

狮子和兔子

有只狮子正在捕猎。它发现了一只睡着的兔子，正在它打算饱餐一顿的时候，又看见一只肥美的鹿在附近徘徊。于是狮子丢下兔子，转而去追赶那只鹿，鹿立刻警觉起来，撒腿就跑。兔子也被这动静惊醒了，跳起来逃跑了。

狮子没追上鹿，再想回来抓兔子的时候，发现兔子也跑了。

狮子十分沮丧地说道："我真是愚蠢，怎么能为了远处的食物而放弃到手的食物呢？"

◎这则故事说明，不满足于现状、好高骛远的人，最后连本已到手的东西都会丢掉。

狐狸的医方

年老的狮子国王生病了，只能整天在洞穴里休养。动物们除了狐狸以外，都去问候过国王了。狼一贯不喜欢狐狸，就趁机在狮子面前吹耳旁风："国王您看呀，我们都来看您了，只有那狐狸不见踪影，可见它根本没把您放在眼里。"

正说着，狐狸不紧不慢地进来了。狮子听了狼的话，这时正在气头上，就冲着狐狸吼叫起来。狐狸冷静地说："请您给我一点时间解释，我来迟是有原因的。"狮子不悦地点了点头。狐狸继续说道："在座诸位，还有谁像我这样，为了国王的病情四处奔走，寻求治病的医方吗？"

狮子吃了一惊，连忙要求狐狸说出医方。狐狸看着狼说道："那就是把一匹狼的皮剥下来，将这皮裹在身上。"话音刚落，狮子就咬断了狼的喉咙。

狐狸看着倒下的狼说："你不应该唆使国王动坏念头，而是该劝它向善才对。"

◎这则故事说明，心怀阴谋诡计的人，最后也会被他人所害。

乌鸦和狐狸

有只饥饿的乌鸦在四处觅食，它发现了一棵茂盛的无花果树。可惜的是，树上的果子还没成熟，乌鸦于是就坐在那里等着果子成熟。

乌鸦坐了很久很久，它呆呆地望着无花果树，想象着果子成熟后的美味，想象着自己尽情吃果子的样子，想着想着，口水都流了一地。附近的狐狸看它已经坐了很久了，知道它陷入了幻想，忍不住对它说："乌鸦呀，就算是想得再美，那也是想象，想象是吃不到也喝不到的呀。"

◎这则故事讽刺的是那些空想着好处却不行动的人。

老鹰与蛇

冬天的时候，食物很少，连老鹰都要忍饥挨饿。这天老鹰照旧在天空中盘旋时，看见下方石头上睡着一条蛇。要知道蛇是不喜欢阳光的，但此时阳光明媚，蛇一动也不动。老鹰心想：这蛇八成已经死了，我可捡到一个大便宜。于是老鹰俯冲下去，一爪抓起了这条蛇。没承想，那蛇突然动了，原来是装死。蛇回头狠狠咬了老鹰一口。

毒液慢慢逼近了老鹰的心脏，老鹰后悔地想：我本以为发现了好东西，没想到反而断送了性命。

◎这则故事告诉我们，遇到好事、捡到便宜的时候，一定要冷静思考这件事是不是一定对自己有好处。

天鹅与家鹅

从前有个富人，养了一只家鹅和一只天鹅，各自有不同的用处。家鹅肉质肥美，是养来吃肉的。天鹅歌声动听，是养来欣赏歌声的。

有天晚上，富人家里来了很多客人，就打算把家鹅宰了来吃。他来到鹅圈，黑灯瞎火地分不清楚哪只是家鹅，哪只是天鹅。富人摸索了几下，就把手边的天鹅抓走了。天鹅大吃一惊，没想到主人会把自己拎出去。情急之下，天鹅引吭高歌，优美的歌声让富人注意到是自己抓错了，于是他便把天鹅放了回去。

◎这则故事说明，要有安身立命的本事才能保全自己。

天鹅与主人

据说天鹅临死前的歌声非常优美动听。有个人偏偏不相信，有天正好看见集市上有人卖天鹅，就把这只天鹅买下来了。

到了举行宴会的时候，这人把天鹅摆上来，让天鹅唱歌，但是天鹅始终不作一声。客人们都觉得很扫兴。

主人见天鹅不愿唱歌，便不再理睬它了。又过了很久，天鹅慢慢变老了，它感到自己时日无多，于是为自己唱起挽歌来。天鹅的歌声婉转动人，十分悲切。主人听到了，不仅没被感动，反而说：“早知道你临死才会唱歌，我当初应该直接准备宰了你就好。”

◎这则故事说明，不顾他人意愿，勉强别人做事，总归会落空的。

两只狗

有个猎人养了两只狗，一只模样普通，一只毛色亮丽。主人偏爱那只毛色漂亮的狗，便让它每日看家。而另一只狗，每天需要跟着猎人上山打猎，追捕猎物。等到猎人满载而归的时候，又总是会把猎物分给看门狗一部分。

辛苦一天的猎狗很不满，便责备那只看门的狗："我每天早出晚归，东奔西跑，才能得到猎物。而你每天无所事事，只是坐在家里就能得到我们辛苦猎来的东西，真是太不公平了。"

看门狗不以为然地说："那你也不能责备我呀，该去找主人才对，是他允许我不劳而获的。"

◎这则故事说明，懒惰骄纵的孩子背后，都有一个娇惯的家长。

一对好朋友

狗和公鸡是一对好朋友。它们形影不离，还一起去旅行，一路上互相照顾。到了晚上，公鸡就找棵树飞上去睡觉，狗就在树下的洞穴里安眠。

到了黎明，公鸡照例起来啼叫打鸣。附近的狐狸听到高亢的鸡鸣后，动了坏心思，便跑到树下假装友善地说：“您的叫声可真是高亢洪亮，我听了喜欢得不得了，能让我抱抱您吗？”公鸡一眼看穿了狐狸的坏心，回答道：“当然，树根下有个看门狗，你去找它开门上来吧。”

狐狸以为奸计得逞，喜滋滋地去找看门狗，不料大狗从洞里冲出来，几下就将狐狸赶走了。

◎这则故事告诉我们，好朋友之间只要互相帮助，就可以解决危险和困难。

兔子与狐狸

兔子和鹰是一对天敌。兔子总在斗争中吃亏，被鹰追得仓皇逃窜。为了对抗老鹰，它决定去找个同盟。正好看见路过的狐狸，兔子便邀请它：“狐狸呀，不如我们结盟，一起对抗老鹰如何？”

狐狸回答道：“如果你不是只弱小的兔子，要对抗的也不是强大的老鹰，我倒是会考虑结盟的。”

◎这则故事说明，只有力量相当的双方才能结成联盟。

兔子与青蛙

有群兔子总是被老鹰、猎狗们欺负，它们时常聚在一起，悲叹自己的弱小，处处受欺凌。有一天，兔子们厌倦了提心吊胆的日子，决心一起离开这里。

兔子们一起路过附近的池塘。刚好那里围坐着一群青蛙，听到兔子们凌乱的脚步声受到了极大惊吓，纷纷跳进水里四处躲藏。岸边的兔子们看见这种四处逃命的动静也很稀奇，一只兔子用恍然大悟的语气说："我们何必离开呢，你看这池塘里都是比我们还胆小的动物。"兔子们打消了离开的念头，十分欣慰地回去了。

◎这则故事讽刺了那些从别人的不幸中找慰藉的人。

狼和小羊

狼看见一只小羊正在河边喝水，它想着要找个巧妙的借口吃掉这只小羊。于是狼先站在河的上游，指责小羊把水搅浑了，搞得它喝不了水。

小羊觉得莫名其妙，回答道："您在上游，我在下游，何况我还在河边喝水，怎么能说我把河水搅浑了呢。"

狼见这个借口行不通，转眼又想了一个，它又说："我认出你了，你去年骂过我父亲。"

小羊更觉得摸不着头脑，回答道："我还没满一岁，去年这时候还没出生呢。"

狼见找不到借口，索性说道："就算你都能解释，我也要吃掉你。"

◎**这则故事说明，恶人害人是不需要理由的，正所谓"欲加之罪，何患无辞"。**

狼和鹭鸶

狼不小心吞下了一块碎骨头，卡在喉咙里十分难受，只能四处寻求帮助。

正巧鹭鸶在附近捕猎，狼见它的嘴又长又细，便去求鹭鸶："请你用嘴把我喉咙里的骨头拿出来吧，我会给你丰厚报酬的。"鹭鸶便把头伸进狼的嘴里，取出了那块骨头，然后向狼要报酬。

狼清了清嗓子觉得舒服多了，就轻蔑地对鹭鸶说："你竟敢问我要报酬，要知道，你能从狼嘴里平安无事地抽出头来，就已经是大好事了，还敢跟我讨价还价。"

◎这则故事告诉我们，不要奢望坏人会报答自己，它们对善行的最大回报就是不害人。

狼和马

一头饥饿的狼在外面觅食，路过一大片麦田，可惜狼不吃大麦，它只能垂头丧气地离开。

正巧路上遇到一匹马，狼便把马领到大麦田，打算趁马吃大麦的时候把马吃掉。狼还说："亲爱的朋友，你慢慢吃。这些大麦是我发现的，但是我不舍得吃，全留给你了。因为我最喜欢听你吃大麦的咀嚼声了。"

马回答道："狼啊！我知道狼是不吃大麦的，不然你恐怕也顾不得听咀嚼声，先自己饱腹了。"

◎这则故事说明，坏人的甜言蜜语是不可信的。

狼和狗

一只四处捕猎的狼看见一只戴着项圈的大狗。狼见那大狗皮毛油滑、身体健壮，十分羡慕，便对狗说道：“你这日子过得真好啊！哪像我东奔西跑，只求填饱肚子。是谁给你戴的项圈，把你养得这样好呢？”

那狗叹了口气说：“是猎人。但是我的朋友，我可不希望你也遭受这种待遇。我宁愿忍饥挨饿，也不想被这项圈束缚自由。”

◎这则故事告诉我们，有些奢侈的生活是要付出代价的，远没有我们想象的那么好。

狮子的王国

一头智慧的狮子做了国王，它完全不像过去那些暴躁凶残、独断专行的狮子，而是像人类一样爱好和平公正。它决心建设一个平等自由的王国，所有动物都不能恃强凌弱。狮子定期将所有动物都召集在一起，公平地审判它们之间的案件，不管是狼、山羊、豹子、羚羊、老虎或是鹿，它对所有动物都一视同仁。

怯懦弱小的兔子看见这个场面十分感动，流着泪说："我一直在祈祷这一天，强者也会惧怕弱者的这一天。"

◎这则故事说明，在一个公正裁判所有事物的王国里，弱者也可以平安地生活。

报恩的老鼠

有只好奇的老鼠趁狮子睡着的时候爬到了它的身上。狮子醒过来以后，起身抓住了老鼠，张开大嘴就要吃掉它。老鼠战战兢兢地求狮子饶了自己："求您不要跟我计较，您要是放过我，我将来一定好好报答您。"狮子听了觉得好笑，心想一只小老鼠能报答我什么，不过狮子这时并不饿，于是把老鼠放走了。

不久后，狮子不巧被一个猎人抓住了，猎人用绳索把狮子绑在树上，然后打算回去拿笼子把狮子带走。狮子动弹不得，哀叹自己马上就要落到猎人的牢笼中。正巧，那只老鼠正在附近觅食，听到狮子的悲叹后，便跑过来用牙齿啃断了绳索，狮子终于得救了。老鼠对狮子说："我说要报答你的时候，你只是觉得好笑，现在你总该知道，就算是老鼠，也能救你一命。"

◎这则故事说明，强者也会陷入困境，也会需要弱者的帮助。

蛮横的狮子

狮子力气大，野驴跑得快，所以它们约好结伴打猎。野驴先追上去拦住猎物的去路，然后等狮子来抓住猎物。

它们的合作十分完美，每次狩猎都非常成功。但是到了分配的时候，狮子蛮横地说："我是兽中之王，第一份理应是我的；我在狩猎中出了力气，第二份还是我的；要是你现在还不走的话，就会变成我的第三份猎物。"野驴敢怒不敢言，只能看着狮子独占所有战利品，然后灰溜溜地离开了。

◎这则故事说明，人应该审时度势，不与那些强大却蛮横的人合作。

大跳大叫的驴子

狮子和驴子结伴去打猎。它们找到了一个住着野山羊的洞穴，野驴自告奋勇地率先冲了进去，在里面大跳大叫想要吓唬野山羊。而狮子则潜伏在洞口，伺机抓住跑出来的野山羊。

狮子在洞口捕到了很多野山羊，这时驴子扬扬得意地走出来问："你看我战斗得还算勇敢吧，把野山羊都赶出来了。"

狮子舔着带血的爪子说："是啊！要是我不知道你只是头驴子，我也得怕你了。"

◎这则故事讽刺了那些自吹自擂、实则没有能力的人。

狐狸分猎物

狮子、驴子和狐狸结伴出去打猎。它们配合默契，获得了很多猎物，狮子便命令驴子把猎物分成三份。

驴子理所当然地把猎物分成了同样的三份，请狮子先选。不料狮子生起气来，跳过去把驴子吃了，又怒气冲冲地让狐狸来分。

狐狸战战兢兢地把剩下的猎物都堆在一起，自己只拿了一点点，剩下的都留给狮子。狮子这次十分满意，问它：“是谁教你这样分的，倒是很聪明。”狐狸答道：“是驴子的灾难。”

◎这则故事说明，别人的不幸是前车之鉴。

养蜂人

有个养蜂人养了一大群蜜蜂，每天用心照料它们。有一天，一个小偷悄悄进来，偷走了蜂蜜和蜂巢。养蜂人回来发现后，连忙在附近寻找小偷的痕迹。

那些采花回来的蜜蜂找不到蜂巢，看见养蜂人在这里，便纷纷用尾巴上的针刺他，养蜂人疼得龇牙咧嘴。

养蜂人无奈地说："蠢东西！你们不去扎那个偷走蜂蜜的小偷，却来扎照顾你们的我！"

◎这则故事说明，有些人十分愚蠢，分不清谁是朋友，谁是敌人。

戴着角的老鼠

老鼠和黄鼠狼一见面就打个不停，彼此都伤亡惨重。老鼠们在战斗中总是居于下风，大家便聚在一起商议对策。它们觉得，自己总是失败是因为没有统帅。于是，老鼠们推举了几只老鼠来做统帅。

这些被选为统帅的老鼠十分骄傲，为了让自己显得与众不同，它们做了一些角，戴在自己的头上。

等到战争打响的时候，老鼠们再一次失败了。老鼠们四处逃窜，纷纷躲回洞里去了，但是那些老鼠统帅戴着大大的角，无法进入洞穴，就被追来的黄鼠狼们吃掉了。

◎这则故事告诉我们，虚荣会带来不幸。

狮子和公牛

狮子想吃掉一头强壮的公牛，但是畏惧公牛的力量，一直无法得逞。一天，狮子自认为想到一个好计策。

狮子跑到公牛面前说："我捉到了一只山羊，想举办个宴会，不知道您是否愿意来赴宴呢？"实际上，狮子是想等牛吃东西的时候趁机抓住它。

等到了赴宴的那一天，公牛看见了很多铜盆和大铁串，唯独看不见羊，便一声不吭地打算走。

狮子眼看计划泡汤，情急之下责备公牛不讲礼数，质问它为什么不打招呼就离开。公牛答道："自然是有理由的，我看这些器具，不像是要吃羊，倒像是要吃牛。"

◎这则故事说明，恶人的奸计是瞒不过聪明人的。

狮子、老鼠和狐狸

一只狮子睡得正香甜，有只老鼠见状便跑到它身上爬来爬去。狮子发觉后站起来团团打转，想要找出那只老鼠。

狐狸看到狮子这个样子，不解地说道：“你明明是只狮子，怎么看上去反而害怕老鼠呢？”

狮子回答：“我不是害怕老鼠，是好奇什么东西竟敢跑到睡着的狮子身上。”

◎**这则故事告诉我们，有思想的人是不会对寻常事物产生恐惧的。**

狼和它的影子

有一只狼正在荒凉的草原上游荡，夕阳西下，把它的影子拉得好长。狼看到这么长的影子，以为自己真的这么高大。它沾沾自喜地说："我这体格怎么也有几十米吧，这么大的个子，连狮子都会怕我吧，这一定是老天想让我做百兽之王！"

就在狼沉迷幻想的时候，一只强壮的狮子悄悄接近，一下捉住了它。眼看自己要被吃掉，狼后悔地说道："我的不幸都是因为我的自以为是啊！"

◎这则故事告诉我们，人应该正确地认识自己，不要因表面的优势就骄傲自大，否则会吃更大的亏。

狼和狮子

有只狼费尽心思，从羊群中偷出了一只羊，狼满心欢喜地打算把羊叼回窝里去。没承想，路上遇见了凶猛的狮子。那狮子一看见羊，眼睛都红了，当即吼叫两声抢走了羊。失去了羊的狼躲在一边，不甘心地指责狮子："你这是抢劫，多么恶劣的行径。"

吃到羊的狮子心情很好，不屑地说："我抢东西恶劣？那你偷东西出来难道就正当吗？"

◎这则故事告诉我们，抢劫和偷窃都是恶劣的行为，强盗和窃贼都没有立场指责对方。

狼和驴子

一只狼成了狼群的首领。它决定为狼群制定法律，于是它把所有狼都召集在一起，宣布：“从今以后，大家猎到的东西都要先上交给我，由我来公平分配给每一只狼。这样就没有狼会挨饿了。”

其他狼听了，都觉得这个主意不错。一头驴子却站了出来，它摆着鬃毛说：“你也好意思替大家分配食物，你昨天猎到的东西都被你藏到窝里去了，怎么不拿出来一起分给大家呢？”

这只狼被驴子揭穿了私藏行径，再也不谈平分猎物的法律了。

◎这则故事讽刺的是那些嘴上说着公平，私下却只为自己谋求利益的人。

狼和牧人

有一只狼一直远远地跟着一群羊。牧羊人刚开始很警惕，时刻提防着狼，可是那狼只是跟在他们身后，过了好几天都没有一点劫掠的迹象。牧羊人慢慢放松了警惕，和狼变得亲近起来，把狼当作羊群的守卫。

有一天，牧羊人要去城里办事，便放心地把羊群交给了狼，独自进城去了。

狼见牧羊人离开了，马上凶相毕露，冲进羊群吃掉了好多羊。

牧羊人晚上回来后，看见死伤了大半的羊群，后悔地说道："我可真是愚蠢，怎么能把羊交给狼呢？"

◎这则故事说明，江山易改，本性难移。不能将财物放到贪婪的人那里，否则一定会损失惨重。

吃饱的狼和羊

一只狼追上了羊群，饱餐一顿后看见一只羊瘫倒在地。狼以为这只羊是因为害怕它才倒在地上的，便走过去说："嘿，小羊，你只要对我说三句真话，我就饶你一命。"

尽管羊的声音因为恐惧而颤抖，但它还是坚定地开口说出了三句真话：一是希望自己从来没有遇见过狼；二是如果命中注定一定会遇见狼，它希望那狼是瞎了眼的；至于第三，它望着狼说："我希望那些恶狼都不得好死，因为我们从来没有伤害过它们，它们却总是要置我们于死地。"

那狼听了这三句话，觉得说得不错，况且自己也不饿，便放小羊走了。

◎这则故事说明，真话有时候会有不可思议的力量。

受伤的狼和羊

有一只狼被猎狗咬伤了，倒在地上动弹不得，无法觅食。

这时，一只羊正好路过。狼便装出可怜的样子向羊求助：“好心的羊啊！求你从河边给我打点水喝，这样我就有力气找食物了，不然我一定会饿死的。”

那羊却不为所动，说道：“我要是给你喝了水，你一旦有了力气，就会把我当成食物吧。”

◎这则故事告诉我们，不要同情坏人，它们一旦得救就会伤害我们。

骄傲的灯

有只路灯在夜间发出光辉，看着被自己照亮的街道十分得意，它想：来往路人都要靠我的亮光赶路，我比那天上的星辰要亮多了。

就在它扬扬得意的时候，一阵风吹来，路灯立刻被吹灭了。街上的点灯人又来给它点上，对它说道："路边的街灯啊！请你默默地照明吧！天上的星辰永远会发光，而你随时会熄灭的呀。"

◎这则故事告诉我们，不能因为一点点成就而骄傲自满，这些东西可能随时都会失去。

蚂蚁

据说在很久很久以前，蚂蚁本来也是人类，也是以种地为生。可是，它们很贪婪，不满足自己的劳动所得，还要霸占邻人的果实。

宙斯知道它们的行为后十分愤怒，于是把它们通通变成了蚂蚁。

贪婪的人们虽然变成了蚂蚁，本性却没有改变。直到现在，蚂蚁们要是经过别人的田地，还要收集人家的小麦和大麦，运回自己的洞穴里呢。

◎这则故事说明，江山易改，本性难移。贪婪之人难以改变。

蚂蚁和屎壳郎

夏天的时候，蚂蚁在田地里忙活，收集小麦和大麦，给自己储存过冬的粮食。

旁边的屎壳郎看见它从早忙到晚，很是不解。夏天酷热难耐，动物们都在潇洒玩耍，而蚂蚁一直在劳作。屎壳郎在背后偷偷说蚂蚁真是太愚蠢。蚂蚁知道后并不理睬它。

夏去秋来，秋雨连绵。雨水冲走了牛粪，屎壳郎失去了大半食物。到了冬天，寒风呼啸，什么食物都没有了，屎壳郎饥饿难忍，便去找蚂蚁，请求蚂蚁分给自己一点食物。

蚂蚁说道："屎壳郎呀，夏天的时候，你要是不说我坏话，而是去干活的话，现在就不会缺吃的了。"

◎这则故事告诉我们，人无远虑，必有近忧。要谨记有备无患，凡事多做准备。

蚂蚁和鸽子

有一只蚂蚁，在河边喝水的时候，不小心被水流冲走了，弱小的蚂蚁在水流中不停地扑腾。就在它快要淹死的时候，一只好心的鸽子刚好路过。鸽子折断了一根树枝抛进水里，蚂蚁费力地爬到上面，终于得救了。

蚂蚁十分感激地对鸽子说：“真的太谢谢你了，我一定会报答你的。”鸽子不以为然，觉得小小的蚂蚁会帮到自己什么呢？

到了黄昏的时候，一个捕鸟人悄悄地靠近鸽子，正打算用粘竿捉住它。蚂蚁正好看到了，便爬到捕鸟人的脚上狠狠地咬了一口。捕鸟人感到脚上一痛，粘竿掉在了地上，鸽子听到了声音便立刻逃走了。

◎这个故事告诉我们，做好事会有好报，再弱小的人也能帮助到别人。

两只老鼠

从前有两只老鼠，一只是住在城市里的家鼠，一只是住在乡下的野鼠。有一次，野鼠邀请家鼠到乡间赴宴。

两只老鼠吃着大麦与谷子，城市里的家鼠十分不习惯，便对野鼠说："朋友，你的生活过得也太朴素了，简直跟蚂蚁一样，不如你跟我一起进城去吧，那里的好东西多得很，我们一起享受吧！"野鼠十分心动，于是它跟着家鼠进了城。

进城以后，它们吃到了数不清的好东西：豆子、谷子、红枣、干酪，还有蜂蜜和果子。野鼠十分震惊，没想到城里的好东西这么多，顿时觉得自己以前的生活过得太苦了，开始抱怨自己的命运。

就在它们大快朵颐的时候，有人开门进来。两只老鼠吓得赶紧钻到了一个洞里，过了好一会儿才敢再出来。野鼠刚想吃东西时，那个人又回来了，两只老鼠只能又钻回洞里。野鼠受不了这种胆战心惊的生活，决定回到自己的田野里。临走前，它叹息着对城市里的老鼠说："朋友，再见吧！城里的那些好东西只能由你担惊受怕地享用了。我还是回去啃大麦和谷子吧，它们虽然不那么好吃，但是至少我不用再这样害怕了。"

◎这个故事告诉我们，简单安稳的清贫生活，胜过提心吊胆的富贵生活。

小鹿和爸爸

鹿只要看到猎狗就会逃跑。有一天，鹿爸爸和小鹿又在森林里遇到了猎狗，它们头也不回地逃跑了。小鹿觉得十分不解，便问它的爸爸："爸爸，你的身体比狗更大，跑得比狗更快，你还有很大的角可以和狗搏斗，但为什么这么怕狗呢？"

鹿爸爸笑着说道："你说得都对，孩子。可我也不明白怎么回事，只要我一听到狗的叫声，就觉得非跑不可了。"

◎这个故事说明，怯懦乃是本性，有时候和外在条件并无关系。

年轻的浪子和燕子

有一个花钱大手大脚的浪子，把所有的钱财都挥霍空了，只剩下一件外衣过冬。有一天，他看到一只早到的燕子，误以为春天已经来了，便把这件外衣拿出去卖了换钱，大肆吃喝了一番。

没想到寒冷再次袭来，天寒地冻。浪子失去了外衣，冻得瑟瑟发抖。这时他在路边看到了冻死的燕子的尸体，不禁感叹道："燕子呀！你不仅害惨了你自己，还害苦了我呀！"

◎这个故事告诉我们，做决策时需要深思熟虑。

旅人和熊

有两个朋友一起赶路，一路上无话不谈，十分尽兴。旅途快结束的时候，一只熊突然出现，两个人吓得六神无主。这时，一个人先反应过来，利索地爬上了一棵树，躲在树上看着熊追赶另一个人。另一个人拼命逃跑，险些被捉住，他灵机一动，想起熊不吃死人的传说，便立刻躺在地上装死。

熊追上来，用鼻子凑到他身边嗅了一会儿。那人屏住呼吸，熊很快便走开了。

熊走远以后，树上那个人爬下来好奇地问他："嘿，熊刚刚在你耳边说什么呢？"

躺在地上的人一边大口呼吸，一边回答："熊告诉我以后不要再跟遇到危险就抛下朋友的人一起旅行了。"

◎这个故事告诉我们，人面临危险时，往往会暴露自己的本性。

旅人和老鹰

有一群人结伴去旅行，刚出发便在路上遇到了一只独眼鹰。众人七嘴八舌地讨论，有人说看见独眼鹰不吉利，不如回去，改天再出发。

这时，一个聪明人说道："不过是一只独眼鹰而已，它连自己的眼睛会瞎都不能预知，怎么能预示我们的旅途呢？"

◎**这个故事告诉我们，连自己的事都处理不好的人，是没有资格指点他人的。**

野驴和家驴

一只瘦弱的野驴遇见了一头家驴，它见家驴身体健壮，身边的食物十分丰盛，正在悠闲地晒太阳，便十分羡慕地对家驴说道："朋友，同驴不同命，你这生活可真是好啊！"家驴摇摇头，并不答话。

过了几天，野驴又遇见了家驴。只见家驴满头大汗，背上驮着的货物摞在一起，几乎像一座小山。家驴身后，还有个凶狠的驴夫挥舞着鞭子催促它快走。野驴恍然大悟地说："我现在明白了，你要忍受更大的不幸才能换回那些美好的享受。我怎么能说你幸福呢？"

◎这个故事说明，天下没有免费的午餐，要付出加倍的危险和辛苦才能换来相应的利益。

运盐的驴子

有只驴子背着两大袋盐过河。盐太重了，河水又湍急，驴子没站稳，摔倒在河里，袋子里的盐溶化了大半。等驴子好不容易站起来的时候，惊讶地发现背上轻松了很多，它高兴极了。

又过了几天，驴子背着棉花经过同一条河。棉花虽然并不重，但是驴子想，再跌倒一次，重量就几乎消失了吧。于是驴子故意摔倒在河里，可是那些棉花吸足了水，变得像石头一样重，压得驴子无法起身，最终淹死在河里了。

◎这个故事告诉我们，聪明反被聪明误，遇事要根据具体情况来分析。

旅人和斧头

有两个人结伴同行。其中一人发现了一把斧头，旁边的人开心地说："太好了！我们得到了一把斧头。"

那人把斧头拿好，严肃地说道："你瞎说什么呢？是'我'得到了把斧头，跟你有什么关系，怎么能说'我们'呢？"另一人只能沉默不语。

过了一会儿，一个怒气冲冲的大汉追上来，声称这是他的斧头，要讨回去。拿着斧头的那个人哭丧着脸对另一人说："我们要失去斧头了，没准还要被骂。"

一直沉默的同伴说话了："你可别说什么'我们'，还是说'我'吧。你捡到斧头的时候可没说这归我们。现在，我会跟那人说清楚，这事儿与我无关。"

◎这个故事告诉我们，如果有福不能同享，那么有难时也没有人会同担。

旅人与阔叶树

炎炎夏日，有两个人正在赶路，被大太阳晒得头昏眼花。就在他们筋疲力尽的时候，发现路旁有一棵茂盛的阔叶树，便赶忙走过去躲在树荫下休息。

等这两个人恢复体力后，抬头打量了半天阔叶树，开始指指点点："这种阔叶树没什么用处，叶子虽然茂盛，但是不结果子呀。"

阔叶树忍不住质问道："喂，忘恩负义的人类，你们现在躲在我的树荫下，却说我没用！"

◎这个故事讽刺的是那些对他人的恩惠视而不见的人。

旅行者和木材

一群旅行者爬上海边的一处高地向远处眺望。他们看见海里隐隐约约有段很大的木材在漂浮着，误以为是一艘大船。旅行者们彼此庆祝，以为可以搭上这艘船去更远的地方游玩。

旅行者们焦急地等待着那艘船靠岸，等那段木材渐渐靠近的时候，他们觉得这艘船好像没有那么大，大约不是航海船，只是一艘小商船吧。

等这段木材终于被浪拍打到了岸上时，旅人们才发现，这哪里是什么船，只是一段木材。他们大失所望，彼此抱怨道：“都是一场空，我们等了那么久，居然就为了这么无聊的东西。”

◎这个故事告诉我们，凡事需要看清全貌，才能做出准确的判断。

买驴子的人

有个人新买了一头驴子，他想看看这头驴子的秉性如何，便把驴子拉进了自己的驴槽里。只见这头驴子径直走向一头懒惰贪吃的驴子旁边，和它十分亲昵。这个人看到这种情形，便给新买的驴子套上辔头，带回原主人那里退货了。

原主人十分不解，询问买驴人原因。那人回答道："我对此很有经验，它挑选什么样的朋友，自己就会是什么样的。这头驴子一定又懒又贪吃。"

◎**这个故事告诉我们，物以类聚，人以群分。好朋友总是秉性相似的。**

披着狮子皮的驴子

一头驴子偶然捡到了猎人丢下的狮子皮，便披上狮子皮四处招摇，吓唬那些弱小的动物。看到很多小动物被自己蒙骗，仓皇逃窜，驴子就越发得意了。

这天，驴子又想去吓唬狐狸。它一边冲向狐狸，一边大叫。没想到狐狸毫无惧色，对驴子说道：“差点被你唬住了，要是我没听过你的叫声，我也以为你是一头狮子呢。”

◎这个故事说明，无能懦弱的人就算装得神气十足，看着像个了不起的人物，只要一开口就会露出马脚。

羡慕马的驴子

有只驴子非常羡慕隔壁的马，因为它觉得马是被精心照料的，食物充足，主人还给马洗澡。再看看自己，连糠屑都不够吃，每天还要拉货拉磨，日子实在太苦了。

一天，战争突然发生了。主人骑着马去战斗，马每天东奔西跑，还得与主人一同和敌人搏斗。在一次交战中，马受了重伤，被送回来养伤。看着伤痕累累的马，驴子再也不羡慕它了。

◎这个故事告诉我们，享受富贵往往都有相对应的义务。

追赶狮子的驴子

驴子和公鸡一起生活。有一次，一头狮子来攻击驴子，公鸡看见后便大声啼叫了起来，狮子害怕鸡叫，转头就跑掉了。

驴子以为狮子是害怕自己才跑的，立刻打起精神去追赶狮子。驴子追着狮子跑了很远，已经听不见公鸡的叫声了。狮子冷静下来，回头冲向驴子，将它扑倒在地。

驴子见自己要被吃了，后悔地说："我真是愚蠢啊！明明不是狮子的对手，却偏偏来追赶它。"

◎这个故事告诉我们，面对强大的敌人要小心谨慎，不能一时冲动将自己置于险境。

出卖驴子的狐狸

驴子和狐狸出去觅食，两人分头行动。狐狸去河边的时候不巧碰到了凶猛的狮子，狐狸见大难临头，便求狮子放过自己，作为交换，自己可以把附近的驴子带过来交给狮子。

狮子假装答应，让狐狸去把驴子叫来。狐狸远远地呼叫驴子："嘿！朋友，快来快来，这儿有好多吃的。"驴子信以为真，兴冲冲地跑过来，一下子掉进了一个深坑里。狐狸满以为自己可以离开了，没想到狮子见驴子已经无法逃跑，转头先抓住了狐狸，打算先吃了狐狸再对付驴子。

◎这个故事说明，恶人自有恶人磨，背叛朋友的人也不会有好下场。

愤愤不平的驴子

驴子和骡子一起驮着货赶路。驴子见自己背上的货物和骡子一样多，很是不满，于是抱怨骡子："你吃的是我的两倍，怎么驮的货物和我的一样重。"骡子并不说话。

当它们走了一程路后，驴子有些吃不消，主人见驴子脚步不稳，便拿了它背上的一部分货物，放在骡子身上。

又走了一程路，驴子筋疲力尽，眼看要倒下去了，主人见状，便把驴子身上的货物一股脑全放在骡子身上了。

这时，身上背着双份货物的骡子对驴子说："你看，难道不觉得我吃双倍草料才是公平的吗？"

◎这个故事告诉我们，凡事不要只计较开头，也要看结果。

假装跛腿的驴子和狼

有只驴子正在牧场上悠闲地吃草，突然瞥见一只狼正潜伏着准备袭击它，驴子灵机一动，把后蹄抬起装作跛了的样子。

狼见状一跃而起，冲到驴子面前。但驴子没有跑，只是摇摇晃晃地站着。狼好奇地问它这是怎么了。驴子答道："也是我太蠢，早上越过篱笆的时候，一根大刺狠狠地扎进了我的后蹄。你要吃便吃吧，但是我劝你先拔下我后蹄上的刺，不然一定会卡住你的喉咙。"

狼想想觉得很有道理，便蹲下来仔细检查驴子的后蹄。说时迟，那时快，驴子扬起后蹄使出全身力气，重重地踢在狼的嘴上，把狼的牙齿都踢掉了。驴子趁机跑远了。

狼吐出带血的牙齿，叹着气说道："我真是愚蠢，明明学的是屠户的本事，怎么去给驴子当医生了呢。"

◎这个故事告诉我们，人应该牢记自己的任务。做自己不该做的事情，自然会招来不幸。

捕鸟人与鹳

捕鸟人精心在田里布下了一张大网，然后躲在附近，希望能捕到一些鹤。过了一会儿，一只鹳和几只鹤一起落在了网中，捕鸟人喜出望外，将鹳和鹤都装进笼子里。

那只鹳苦苦哀求捕鸟人放了它："求求您放了我吧！我对人类毫无害处，不仅如此，我还会捕捉蛇，吃田里的虫子，对田地只有好处呀。"

捕鸟人不为所动，说道："虽然你不是什么坏人，但是不该和这些恶人在一起。撞进了同一张网，就只能一起被抓了。"

◎这个故事告诉我们，做人应当洁身自好，远离恶人，否则会被它们连累。

捕鸟人和竹鸡

有个捕鸟人养了一只竹鸡。竹鸡经常帮助捕鸟人捉鸟，方法是竹鸡先用叫声招来许多鸟类，然后捕鸟人趁机捉住它们。

有一天，捕鸟人家里来了很重要的客人，但天色已经很晚了，他既没有东西招待客人，也来不及出去捕鸟。捕鸟人一拍脑袋，家里不是还有只竹鸡吗？便去鸡窝里把竹鸡抓出来，打算宰了它给客人做饭吃。

竹鸡责备捕鸟人忘恩负义，大声骂道："我为你招来那么多鸟，每次捕鸟都让你满载而归，如今你居然要宰了我。"

捕鸟人答道："那我更应该宰了你，毕竟你对同类都无情无义。"

◎这个故事说明，背叛亲友的人不仅被亲友厌恶，就连他投靠的人都看不起他。

母鸡和燕子

有只善良的母鸡无意间遇到一个蛇蛋。母鸡觉得还没出生的小生命太可怜了，便走过去卧下，很用心地孵化这枚蛇蛋。它还幻想着小蛇出生以后帮自己啄开蛋壳。

一只燕子飞过，看见这只孵化蛇蛋的母鸡，忍不住责备它：“傻子，你为什么要养育一条蛇？它长大后只会伤害你。”

◎这个故事说明，就算是对恶人施恩照料，他们也不会变得善良。

驴子、老鹰和狼

有只驴子不小心伤了背，不敢剧烈活动，只能在牧场上慢腾腾地吃草。一只老鹰刚好飞过，看见驴子的伤口就起了坏心思。老鹰故意停在驴子的背上，用嘴去啄它的伤口。驴子本来在吃草，背后突然传来钻心的疼痛，它忍不住又跳又叫。

驴夫远远看见驴子痛苦不堪的样子，只觉得可笑。远处的狼见到这光景，不禁自嘲道："我们狼可真是倒霉，要是我们敢多看驴子一眼，驴夫就会大发雷霆，然后把我们赶走。现在老鹰在驴身上啄它的伤口，驴夫却只是哈哈大笑。"

◎这个故事告诉我们，经常作恶的人就算没坏心也会被怀疑。

驴子和蝉

驴子因为自己的叫声太难听，一直觉得很苦恼。有一天，它听见蝉在树上唱歌，声音十分动听。驴子羡慕极了，也想要这种美妙的歌喉，便去问蝉："请问你们吃了什么声音才这么动听的呀？"

其中一只蝉回答："我们只喝露水。"

于是，为了美妙的歌喉，驴子开始不吃东西，每日只在早晨喝些露水，没过多久便饿死了。

◎这个故事说明，盲目地模仿别人，甚至违背自己的本性，终归会招来不幸。

招摇的驴子

有一头驴子无意间捡到了一张狮子皮，便披上狮子皮四处招摇，吓得附近的人和羊群仓皇逃跑。

驴子得意极了，越发嚣张地追赶羊群。结果因为动作过大，加上一阵风刮过，那狮子皮掉在了地上。逃跑的人们看清了这是头驴子，便愤怒地跑回来，挥舞着棍棒把驴子狠狠地打了一顿。

◎这个故事告诉我们，不要盲目地炫耀力量、假装强大，否则迟早会露馅，还会被人耻笑。

吃刺树的驴子和狐狸

有头驴子很久没吃过东西了，饥饿难忍的它看见路边有棵刺树。但是刺树的叶子长着扎人的尖角，驴子太饿了，只好去啃那些有尖角的刺树叶子。

一只狐狸刚好路过，它无视驴子饿得扁扁的肚子，反而讥讽它：“傻瓜，怎么能用柔软的舌头去啃又粗又硬的叶子呢？”

◎这个故事讽刺了那些不看实际情况就出口伤人的人。

生金蛋的鸡

有个人养了一只母鸡。有一天，他惊讶地发现自己的母鸡生了一颗金蛋。从那以后，这人每天都能收到一颗金蛋，很快便富裕了起来。

渐渐地，这人越来越贪心。他想：母鸡既然能生出金蛋，那它肚子里一定有更大的金块。于是就用刀把母鸡的肚子剖开了，没想到，里面什么都没有。

从那以后，这人连原本的金蛋都没有了，很快又陷入了贫穷。

◎这个故事说明，要知足常乐，贪得无厌的人反而会失去原本的财富。

蛇与螃蟹

一条蛇与一只螃蟹生活在一起。螃蟹对蛇总是真诚友善，还会分给它食物。蛇却总是一副阴险狡诈的模样，有几次还想偷袭螃蟹。

螃蟹对此很无奈，经常劝蛇直爽和善一些，和自己好好相处。但是蛇充耳不闻，依然时常想要吃掉螃蟹。

日子久了，螃蟹忍无可忍，趁着蛇睡觉的时候，用蟹钳夹断了蛇的脖子。蛇很快断了气，直挺挺地躺在那里，螃蟹说：“既然你活着的时候不愿意和我友善相处，现在你死了，就不用勉强自己和我在一起了。早知如此，何必当初呢？”

◎这个故事告诉我们，有些坏人恶性难改，只有死亡才能让他们后悔。

小孩与蝎子

有个小孩在城墙底下捉蚱蜢玩。他在草丛里不停地翻找，还编好了很多笼子用来装捉到的蚱蜢。这时，他看见石头底下有只蝎子，以为是蚱蜢，便想伸手去捉。

那蝎子见状高高举起它尾巴上的毒刺，对小孩说道："你有胆子捉我试试，到时你不但捉不到我，还会失去你捉到的蚱蜢。"

◎这个故事告诉我们，做人要明辨善恶，和善人可以一起玩耍，对恶人要提高警惕。

被捉住的竹鸡

有只竹鸡不小心掉进了陷阱，被人捉住了。那人打算用竹鸡饱餐一顿。竹鸡哀求他放过自己，说："求求你放过我，只要你放开我，我就可以叫来我的同伴们，让你捉到更多的竹鸡。"

那人说道："那我更应该先杀你了，你身为竹鸡，却想陷害自己的亲戚朋友。"

◎**这个故事告诉我们，陷害自己亲友的人，会被所有人唾弃。**

口渴的鸽子

有只鸽子口渴难忍，一边飞一边焦急地寻找水源。这时它在一个院子中发现画板上画着一个水瓶。鸽子满脑子只想着喝水，便拍打翅膀呼呼地飞过去，一头撞上了画板。只听“咚”的一声，鸽子眼冒金星，落在了地上，连翅膀都被画板刮伤了。

这时正好有人开门出来，看见地上的鸽子，高高兴兴地捡走它关进了笼子里。

◎这个故事告诉我们，再紧急的情况也要保持冷静的思考。在强烈欲望的驱使下，人很有可能做出愚蠢的事情，使自己陷入险境。

牧人与海

有个牧羊人原本在海边牧羊，但他看见大海宽阔又平静，便生出了去远航做生意的想法。于是他卖掉了自己的羊，换成了枣子打算出海卖掉赚钱。

可是没想到，船航行到中途，海上便起了大风暴，那船在海中艰难漂浮，随时有沉没的危险。牧羊人只能把船上所有的东西都抛进海里，包括那些枣子，才终于幸免于难。

牧羊人又回到了海边放牧。这一天，又有一个人感叹大海的宽阔平静。牧羊人便对他说："朋友，大海现在这么平静，也许是因为它又想要一些枣子呢？"

◎这个故事告诉我们，磨难会给人带来经验和教训。

猴子和渔夫

有只猴子每天待在树上看着渔夫们撒网捕鱼，日子久了以为自己也学会了。这天渔夫们在河里撒好网，便离开去吃饭了。

那只猴子从树上下来，想模仿渔夫们把网拉上来，心想自己没准还能拿到几条鱼呢。可是没想到，猴子拉着拉着，把自己缠进了网里，它越挣扎就缠得越紧。慌乱中猴子跌进了河里，眼看就要淹死了。

猴子在网中十分痛苦，自言自语道："我可真是愚蠢，明明没学过打鱼，为什么要去拉网呢？"

◎这个故事说明，凡事都需要细心学习，贸然去做自己不熟悉的事情，反而会使自己陷入险境。

弓箭手和狮子

有位技艺高超的弓箭手来山里打猎。他百发百中，不少动物都受伤了，山里的动物只能纷纷逃走，只有兽王狮子前去和他搏斗。

弓箭手并不畏惧，弯弓搭箭，一箭射中狮子，说道："让你先看看我的使者有多厉害，然后我再去找你。"狮子中了一箭，疼痛难忍，转头想要逃走。在旁边观战的狐狸看见了，激励它："您怎么能逃走呢？您这么威猛，一定能赢的。"

狮子并不相信狐狸的话，说道："你少来骗我，他的使者都如此厉害，他要是亲自来找我，我怎么抵抗得了。"

◎这个故事说明，人应该看清危险的本质，才能保证自己的安全。

母山羊和葡萄树

母山羊和葡萄树是邻居。葡萄树经常为母山羊遮阳，母山羊却并不领情。到了葡萄树刚长出嫩芽的时候，母山羊找不到青草吃，便来啃这些嫩芽。

葡萄树非常痛心，对它说："你怎么能这么对我？等着吧，你终归也会被宰了吃肉的，到时候宴会上喝的酒就是用我的葡萄酿的。"

◎**这个故事讽刺了那些忘恩负义、抢夺别人东西的人。**

秃头骑士

有个骑士高大强壮，可却是个秃头，为了美观一点，他找来一顶假发扣在头上。

有一次，秃头骑士和朋友们一起骑马打猎，奔跑中遇到一阵风吹来，假发就从他的头上掉下去了。朋友们见状哈哈大笑，秃头骑士停下马说："这有什么好笑的，这头发本来就不是我的，如今掉下去了我也没什么损失。"

◎**这个故事告诉我们，不必太执着于不属于自己的东西。**

铁匠和小狗

有个铁匠养了一只小狗。铁匠打铁时，那狗就靠着炉火呼呼大睡。而一到了吃饭的时候，那狗便乐颠颠地跑过来摇头摆尾，乞求食物。

这天又是一样，铁匠刚端起饭碗，狗就跑到他面前讨吃的。铁匠丢给狗一块骨头，说道："你这只狗真是奇怪，打铁的时候，再大的声音都吵不醒你。吃饭的时候，一点点动静你都能听到。"

◎这个故事讽刺了那些好吃懒做、只想着自己利益的人。

富人和哭丧女

一户富裕的人家里有两个女儿，一个女儿不幸夭折，家里办丧事请了一些哭丧女来。这些哭丧女开始不分日夜地嚎啕大哭，仿佛失去的是自己的至亲之人。另一个女儿看见了十分惊讶，对自己的母亲说："这可真是奇怪，失去亲人的是我们，她们却哭得比我们要伤心十倍。"

母亲答道："孩子，不要惊奇，她们不是因为我们的不幸，而是为了金钱才哭得如此悲痛。"

◎**这个故事讽刺了那些为了金钱，连悲痛都可以伪装的人。**

牧羊人和狗

有个牧羊人养了一群羊和一只大狗。平日里，如果有羊意外死亡，牧羊人就把死羊丢给大狗吃。

日子久了，那只大狗每天都盼望有羊死掉。有一天，牧羊人把羊赶进羊圈，看见那只大狗靠近羊群，假模假样地安抚羊群，但其实口水已经流了一地。牧羊人生气地说："你这家伙，别以为我不知道你在想什么，小心我让你也有同样的下场。"

◎这个故事讽刺了那些谄媚贪婪的人。

牧羊人和小狼

一个牧羊人偶然捡到了几只小狼。他把小狼带回去用心养育，心想只要是自己养大的狼，想必不仅不会伤害自己，还会帮自己看守羊群，从别人那里偷羊给自己吧。

可是那些狼长大后，恶性尽露，每天用恶狠狠的眼光盯着牧羊人，还总是伺机袭击他的羊。

牧羊人见此十分后悔，叹气说道："我也真是愚蠢，这些坏东西早就该赶尽杀绝，我怎么还把它们养大了呢？"

◎这个故事说明，救助恶人反而会伤害自己。

狼和狗

有个牧羊人在森林里捡到一只小狼，便把它带回了家，和自己的几只狗一起养大。长大后的狼刚开始和狗一样忠诚，只要有狼来袭击羊群，它便和狗一起抵抗狼群。

可是有一次，狗没追上狼群，便先回家了。这只狼却不甘心，一直追着狼群到很远，当它看见狼群分食羊肉的时候，也混在其中吃了一份。

从那以后，狼就经常假装追赶狼群，跟着狼群吃羊。有时狼群很久不来抓羊，它就偷偷咬死一只羊，和几只狗一起吃了。终于，这事被牧羊人发现了，他毫不犹豫地杀死了那只狼。

◎这个故事说明，江山易改，本性难移。坏人的恶性是无法改变的。

吃不到羊的小狼

有个牧羊人养了一只小狼，不仅喂它吃的，还教它如何偷盗附近人家的羊。这只小狼在牧羊人的教导下，学会了如何躲避猎狗，如何拖羊。

渐渐地，附近的人家都搬走了。这只狼很久吃不到羊，便对牧羊人说道："是你养成了我抢劫羊群的习惯，现在请你看好自己的羊群，否则就会被我拖走吃掉。"

◎这个故事说明，养狼必定招来祸患，教导坏人也终将会被坏人伤害。

摇橡斗的牧羊人

有个牧羊人赶着自己的羊群进入了一片栎树林里，看见一棵大栎树上结满了橡斗。牧羊人十分动心，便把自己的外衣摊在地上，自己爬上树去摇橡斗。

橡斗很快落了一地，那些羊看见了，便纷纷围过来吃橡斗，不知不觉中把外衣也一起啃了。牧羊人费了一番功夫才从树上下来，没想到不仅没留下几个橡斗，连自己的外衣都被羊群啃得破破烂烂。他对着羊群责备道："你们这些坏东西，用自己的羊毛给别人做衣服。我把你们养大，你们却把我的衣服给啃坏了。"

◎这个故事讽刺的是那些对外人友善大方，却对亲友肆无忌惮的人。

狼来了

有个牧羊人总是喜欢欺骗别人。有一次，他把羊群赶得远远的，然后站在村口大声呼喊道："狼来了！狼来了！"村里人纷纷拿着棍棒跑出来打算和狼搏斗，牧羊人看着他们惊慌失措的样子哈哈大笑。

这种恶作剧玩了两三回，村里人再也不相信牧羊人了。直到有一天，真的有狼群袭击了牧羊人的羊，牧羊人哭号着向村里呼救，却没有一个人前来帮忙，都以为这又是他的恶作剧。就这样，牧羊人眼睁睁地看着狼把他的羊吃了个精光。

◎这个故事说明，经常说谎的人，即使是说了真话也没人相信。

剪羊毛的人

有个牧羊人剪羊毛的技术非常差，一会儿把剪子缠到了羊毛上，一会儿不小心划伤了羊。每只羊都被他折磨得不轻，每次剪完后，不是羊毛乱得像一窝草，就是羊身上多了好几处伤口。

转眼又到了剪羊毛的季节，牧羊人照例拿起剪刀准备剪羊毛，羊群忍无可忍地说："我说朋友，你如果只要羊毛，就把剪子抬高点，你要是想吃羊肉，不如给我个痛快，直接宰了我，省得这样没完没了地折磨我。"

◎这个故事讽刺了那些学艺不精的人。

野猪和狐狸

一只野猪正在树旁不停地磨牙齿。路过的狐狸听到这“嚯嚯”的磨牙声，好奇地凑过来问：“嘿，野猪，这附近既没有猎人，也没有其他危险，你为什么还要磨牙？”

野猪一边磨牙一边说道：“自然有理由，磨牙要费很多时间，真有危险的时候是没时间让我磨牙的。所以我总是准备好武器，用来应付一切危险。”狐狸恍然大悟。

◎这个故事说明，有备才能无患，凡事要提前做好准备。

野猪、马和猎人

有只野猪和一匹马生活在一起，野猪不太讲卫生，经常弄坏青草，还会搅浑水。那马十分生气，成天想着怎么报复野猪。

有一天，一个猎人来到附近，马便去找猎人帮忙："你帮我教训野猪一顿，我什么都答应你。"猎人说："想让我帮忙，除非你先套上辔头，还让我骑在你背上。"那马想起野猪的行径，便答应了。

于是猎人骑在马背上，先去狠狠教训了野猪一顿，然后把马拴在了自己的马槽旁，马从此失去了自由。

◎这个故事说明，报复心强的人，不仅会伤害到别人，也会给自己招来不幸。

孔雀和鹤

有只骄傲的孔雀十分喜欢炫耀自己的羽毛。有一天，它看见全身雪白的鹤，便嘲笑它："你不觉得自己可怜吗？翅膀没有一点颜色，你看看我，全身的羽毛都十分艳丽。"

鹤并不生气，回答道："我虽然没有艳丽的羽毛，但是我能振翅飞翔，对着星辰鸣叫。而你呢，空有外表，却像公鸡一样只能在地上行走。"

◎**这个故事说明，穿着粗布麻衣却精神丰富的生活，要远胜空有光鲜外表却无所事事的生活。**

蝉和狐狸

一只蝉正在树上高声歌唱。歌声引来了一只贪吃的狐狸，狐狸想吃掉蝉，眼睛一转想到一个计策。

狐狸走到树下，假装陶醉的样子说："这是多么美妙的歌声啊！真想看看是怎样的动物发出了如此动听的声音。"

蝉一眼看透它的诡计，便从树上扔下了一片叶子，狐狸以为是蝉，飞快地扑了上去，没想到却扑了空。

蝉在树上说道："嘿，狡猾的东西，你以为下去的是我吗？大错特错，自从在狐狸粪便里看见蝉的翅膀后，我对狐狸都是十分警惕的。"

◎这个故事说明，聪明人会从他人的不幸中吸取教训。

蝉和蚂蚁

寒冷的冬天来临了，蚂蚁正在晾晒洞里的谷子。一只饥肠辘辘的蝉来到这里，请求蚂蚁分自己一点吃食。

蚂蚁问它："这是我们在夏天就存好的食物，你为什么不在夏天的时候准备过冬的粮食呢？"

蝉回答："没有工夫啊！夏天我都忙着在树上歌唱呢，人人夸赞我歌声动听。"

蚂蚁笑着说："你要是在夏天只忙着唱歌，那就在冬天跳舞吧。"

◎这个故事告诉我们，未雨绸缪，凡事应当早做打算。

冬天和春天

冬天看不惯受人欢迎的春天，便责备它说："只要你一来，漫山遍野都吵吵嚷嚷的，有人去原野里散步；有人去摘花玩耍，还把蔷薇插在头发上；还有人出海远行，甚至到别的国家旅游，全然不担心暴风骤雨。"

"而我呢，"冬天得意地说，"要是我在，就像是一切有了首领和君王，我一声令下，人们只能恐惧颤抖，我跺跺脚，人们就只能待在家里度日。"

春天回答道："正因如此，人们才如此开心地送别你。但是我呢，在人们看来，我连名字都是美的，宙斯也说我是一切名字中最美的。我出现时人们欣喜，我离开时人们怀念。"

◎这个故事告诉我们，威逼强迫只会被人厌恶，和煦温暖才会受人欢迎。

燕子和蛇

一只燕子在法院的墙角造了个窝，生了一窝雏鸟。有一天，燕子出去觅食的时候，一条蛇悄悄爬进去，把雏鸟都吃了。

燕子回来以后看见空空如也的鸟窝，痛不欲生，每天悲叹哭泣。其他燕子看不下去了，纷纷来劝它保重身体："你看也不止你一个人丢过孩子，还是先保重自己要紧。"

这只燕子回答道："我这么哭号不仅是因为失去子女，更是因为这里是救助弱者的地方，我却偏偏受到了灾祸。"

◎这个故事说明，在主持公道的地方发生灾祸，会使受害者加倍痛苦。

乌龟和鹰

乌龟十分羡慕老鹰能在天空中自由翱翔，便去求着老鹰教自己飞翔。老鹰先是苦口婆心地劝它，说乌龟飞翔是不可能的，但抵挡不住乌龟苦苦纠缠，就把乌龟抓在爪中飞上了天空。

乌龟如愿飞上了天空。正当它沾沾自喜的时候，老鹰放开了爪子，乌龟并没有继续飞起来，而是直接从空中落下，狠狠地砸在了岩石上。

◎这个故事说明，不考虑自身条件、好高骛远的人，终究会害了自己。

两口锅

河里漂着两口锅，一口是瓦锅，一口是铜锅。

它们顺着河流一路漂到下游。瓦锅忍不住对铜锅说：“兄弟，麻烦你离我远一点吧。不管是你无意碰到我，还是我不小心碰到了你，粉身碎骨的都会是我。”

◎这个故事说明，在强硬的人身边生活是很危险的。

龟兔赛跑

兔子是森林里的跑步冠军，谁也赢不了它。乌龟行动缓慢，经常遭到兔子的嘲笑。乌龟受不了兔子的轻视，便向兔子发出挑战，看谁跑得更快。兔子觉得十分好笑，但还是答应了比赛。

到了比赛的那一天，森林里的小动物都来观赛。只见兔子一副胜券在握的样子，根本不把乌龟放在眼里。比赛刚开始，兔子就跑得很远了，而乌龟还在起点附近缓慢地移动，大家都以为兔子赢定了。

兔子跑了一段路，回头发现乌龟连影子都看不见了，便觉得自己赢定了，居然开始躺在路边睡觉，心想：就睡一会儿，反正乌龟也追不上来。结果兔子一睡就睡到了傍晚。而乌龟呢，它一直头也不回地向终点冲，一步也不敢停歇，它从睡着的兔子身边走过，最终赢得了比赛。

◎这个故事说明，骄傲使人落后，虚心使人进步。

金丝雀和蝙蝠

有只金丝雀被关在笼子里，然后挂在窗口。奇怪的是，这只金丝雀白天一声不发，晚上却高声歌唱。这天晚上，金丝雀又开始唱歌了，附近的蝙蝠觉得很奇怪，便问："你这只金丝雀好奇怪，怎么总在夜间唱歌？"

金丝雀忧伤地回答："唉！说来话长，我这样做是有苦衷的。从前我都是白天唱歌，没想到因此招来了祸端，有人听见了歌声，就把我抓起来关在了这里。我悔恨自己当初不小心，便不再白日唱歌，而是夜里才唱。"

蝙蝠听完金丝雀的话，感慨道："可惜你现在才明白这个道理，你要是被抓以前就这么谨慎多好。"

◎这则故事告诉我们，事后才后悔都是徒劳的。

图书在版编目（CIP）数据

伊索寓言一本读 /（古希腊）伊索著；波点童趣编译. — 南京：江苏凤凰文艺出版社，2024.6
ISBN 978-7-5594-8148-1

Ⅰ. ①伊… Ⅱ. ①伊… ②波… Ⅲ. ①《伊索寓言》Ⅳ. ① I545.74

中国国家版本馆 CIP 数据核字 (2024) 第 000059 号

伊索寓言一本读

【古希腊】伊索 著　波点童趣 编译

责任编辑　周颖若
特约编辑　张　红
装帧设计　廖若凇　杨　龙
出版发行　江苏凤凰文艺出版社
　　　　　南京市中央路 165 号，邮编：210009
网　　址　http://www.jswenyi.com
印　　刷　北京世纪恒宇印刷有限公司
开　　本　710 毫米 ×1000 毫米　1/16
印　　张　12.75
字　　数　133 千字
版　　次　2024 年 6 月第 1 版
印　　次　2024 年 6 月第 1 次印刷
书　　号　ISBN 978-7-5594-8148-1
定　　价　49.00 元

江苏凤凰文艺版图书凡印刷、装订错误，可向出版社调换，联系电话 025-83280257